여행책은 아닙니다만

여행책은 아닙니다만

서른 개의 밤과 서른 개의 낮으로
기억하는 '그곳'의 사람, 풍경

초판 1쇄 | 2020년 12월 23일

지은이 | 남기형
발행인 | 최현숙
펴낸곳 | 도서출판 11

출판등록 | 2020. 03. 04 제2020-000006호
주소 | 서울특별시 강북구 도봉로95길 33, 1층(수유동)
전화 | 02-6013-3919
팩스 | 02-6499-8919
이메일 | rashomon2580@naver.com
인스타그램 | @dumbo_books

ⓒ 남기형, 2020, Printed in Seoul, Korea

ISBN 979-11-971933-7-8 03810

도서출판 11은 도서출판 덤보의 성인 브랜드입니다.

서른 개의 밤과 서른 개의 낮으로
기억하는 '그곳'의 사람, 풍경

여행책은 아닙니다만

남기형 지음

도서출판 11

○ 차례

⟩ 밤

프롤로그

    침대에 누워 불빛을 최대한 낮추고 스마트폰으로 내일 일
정을 확인한다. 항상 이렇게 여행객이 많은 숙소인지는 알
수 없지만 오늘은 여덟 개의 침실이 여행자들로 꽉 차 있다.
난생 처음 보는 사람들과 한 공간에서 내가 지낼 밤 중 하루
를 공유하는 일이 때로 낯설게 다가온다.

    샤워를 끝내고 머리를 말리면서 침실의 주인 중 한 명이
방 안으로 걸어 들어온다. 캄캄한 어둠 속에서 스마트폰 빛
이 밝힌 내 얼굴 때문인지, 아직 잠들지 않은 사람이 있다는

사실 때문인지, 그는 살짝 놀란 기색이더니 이내 싱긋 웃으며, 내게 "Good night!"이라고 말하고는 2층 침대 위로 올라간다. 나도 웃으며, 그에게 말한다. "Good night."

그럴 리 없다. 이것은 말도 안 되는 이야기다.

문득, 이런 생각이 머리를 스쳤다. 저 사람은 내게 'Good night'이라는 한 마디를 하려고 멀고 먼 여행을 시작해서 돌고 돌아 마침내 이 숙소에 머물게 되었고, 나도 저 한마디를 듣기 위해 한국에서 스무 시간이 넘도록 비행기를 타고 도착한 대륙을 여행하다가, 이 숙소에 머물게 된 게 아닐까 하는. 우리는 때로 그런 순간을 위해 살아가기도 하니까.

오늘 밤은 여행자들을 안전하게 지켜주면서도, 이런 망상에 빠트리는 마법을 부리는 것 같기도 했다. 여행자들의 밤은 그런 법이다. 하루가 무사히 끝난 안도감, 낮 여행을 되돌아볼 수 있는 짧게 허락된 여유, 내일 여행에 대한 약간의 긴장감과 거대한 기대감, 낯선 사람들이면서 동시에 지금 이 순간만큼은 서로를 누구보다 이해하고 있을 사람들과 지내는 밤. 이런 생각들이 칵테일처럼 섞여 침대 머리맡에 놓여 있는 기분. 내일 일정과 예약들을 다시 한 번 숙지하고, 알람 설정까지 재차 확인한 다음 스마트폰을 끄고 베게 밑에 넣는다. 깨어 있는 사람은 내가 마지막이었나 보다. 밤은 이제야 만족한 듯 여덟 개의 침실을 어둠으로 덮어주었다. 나지막하게 코고는 소리가 들리고 위층 침대는 주인이 몸을 살짝 뒤척이자 '끄응' 하는 소리를 낸다.

'끝이 있는 곳에 시작이 있다.' 이 문구가 여행자의 밤처럼 잘 맞아 떨어지는 장소는 없을 것이다. 하루의 여행이 끝나는 곳과 내일의 여행이 시작되는 곳.

그렇게 낮만큼이나 특별한 밤을 쳐다보다, 잠에 빠져들었다.

"음악은 흐르는 대로 내버려 두자
저무는 해와 같이
나의 앞에는 회색이 뭉치고
응결되고
또 주먹을 쥐어도 모자라는
이날 또 어느 날에
나는 춤을 추고 있었나 보다"

— 김수영의 시 《음악》 중에서

Part 1

○

밤

night

아이슬란드, 자정,
오로라

아이슬란드에서 메시지를 하나 확인하고는 곧장 차에
시동을 걸고 내달렸다. 자정이었다.

어쩐지 삼류 스릴러 소설에서나 볼 법한 문장이지만, 실
제 있었던 일이다. 아이슬란드를 여행하는 사람들에게는 각
기 다양한 목적이 있을 것이다. 대한민국에서도 따뜻한 남
쪽 지방에서 삶의 대부분을 보낸 나는 여전히 '눈snow'에 대
한 환상을 가지고 있다. 대한민국 남성은 대부분 군 생활을
통해 눈을 혐오하게 되는 과정을 겪지만, 나는 군 생활도 부

산에서 의경을 지냈다. 겨울에 눈이 오니 의경들은 물론 간부들도 신나서 다 같이 운동장에서 축구를 했다. 부산은 그런 곳이다. 그래서 내 아이슬란드 여행의 목적 가운데 하나는 세상을 밀가루로 덮은 듯한 눈을 보는 것이었다. 물론, 아이슬란드 여행자는 모두 눈을 보기 위해 왔을 거라고 말할 수 없다. 하지만 이렇게는 말할 수 있지 않을까. "아이슬란드에 온 모든 사람은 오로라를 보고 싶어 해."

아이슬란드의 관광 상품은 아이슬란드 그 자체다. 차를 몰고 10분만 나가도 펼쳐지는 숨 막히는 자연경관, 어느 쪽으로 눈을 돌려도 끝없이 뻗어있는 지평선, 눈에 다 담을 수 없을 만큼 거대한 바다…. 아이슬란드는 그저 길을 걷는 것만으로 여행이 된다. 물리적, 심리적으로 그 모든 것들 위에 있는 아이슬란드의 자랑은 북극광 또는 노던 라이츠Northern Lights라고도 불리는 오로라aurora다.

'오로라 헌팅aurora hunting'은 오로라를 보려고 노력해본 사람만이 이해하는 단어다. 그도 그럴 것이, 오로라는 생각만

큼 쉽게 볼 수 없어서 많은 사람이 오로라 헌팅을 한다. 심지어 오늘의 오로라 지수를 알려주거나 오로라를 가장 잘 볼 수 있는 지역을 알려주는 애플리케이션까지 있다. 하지만 그것만 믿으며 기다리기에는 너무 애가 타기에 사람들은 실시간으로 정보를 공유한다. "○○○지역에 오로라 떴어요!" "여기 ○○인데, 지금 희미하게 오로라가 보입니다!" 등 밤 11시부터 곳곳에서 '사냥'에 성공한 헌터들이 메시지를 보내온다. 운 좋게 자신이 머무는 지역 정보가 뜰 때가 있다. 바로 그날 밤이었다.

아이슬란드에서, 메시지를 확인하고, 혼자 조용히 숙소를 나와서, 차에 시동을 건 그날 자정.

밤 night

) 밤
02

기 다 림 이
행 복 이 될 수 있 음 을

빛이 없는 밤에 익숙하지 않은 우리 세대는, 밤이 얼마나
어두운지 알지 못한다. 가끔 지나가는 차의 헤드라이트 외
에는 빛을 내뿜는 그 어떠한 것도 없는 도로 옆 공터에 차를
주차해놓고 홀로 앉아 있으면, 내가 알던 밤은 얼마나 밝았
던가 깨닫는다. 저 멀리 보이는 도시에서 반짝이는 빛이 어
찌나 이질적인지.

저 도시와 이 공터 사이에서 우리는 얼마나 많은 밤을
잃었는지 문득 깨닫는다.

차 안의 적막감, 살짝 한기를 느끼게 하는 추위, 주변을 감싼 고요한 어둠. 살짝, 외로움을 증폭시키려고 콘솔박스의 플레이 버튼을 누른다. 시규어 로스Sigur ros의 「All alright」이 차 안에 은은히 울려 퍼지면서 이곳이 아이슬란드의 밤이 머무는 공터임을 다시 한번 일깨웠다. 손에 입김을 불어가며 기다렸다. 차에 시동을 걸어 히터를 켜놓고 기다려도 되지만 공회전을 많이 하면 환경에도 안 좋을뿐더러 기름이 빨리 닳는다. 가난한 여행자에게 기름은 소중했다. 연비에 신경 쓰며 좀처럼 80킬로미터 이상으로 속도도 올리지 않는 나인데, 몸으로 때우는 수밖에. 앞섶을 여미며 어떻게든 몸을 따뜻하게 하려고 애썼다.

종종 차 밖으로 나가서 하늘을 쳐다봤다. 그 자체로도 매력적이지만 내가 기다리는 하늘은 아니었다. 곧 차 몇 대가 공터로 오더니 근처에 주차했다. 서로 묻지 않아도 우리는 모두 같은 것을 찾고 있다는 걸 알았다. 차에 앉아서 음악을 들으며 이런저런 생각을 했다.《어린왕자》의 문구가 떠올랐다. "네가 오후 4시에 온다면 나는 3시부터 행복해질 거야.

시간이 갈수록 그만큼 더 행복해질 거야." 오로라를 기다리
고 있는 나는 벌써 행복했다.

　무언가를 위해 이렇게 설레며 기다리는 순간들이 갈수록
적어진다. 새로운 것이 줄어드는 걸까, 새로움을 새롭게 느
끼는 내가 달라져가는 걸까. 바깥에서 밤의 고요를 뚫고 사
람들의 환호가 차창을 울렸다. 후다닥 생각에서 빠져나와
카메라와 삼각대를 챙겨서 차 밖으로 나왔다. 밤하늘에 희
미하게 흉터 같은 것이 보였다. 구름과는 확연하게 다른 그
물결 같은 모양은 어렴풋이 내가 상상하던 오로라의 색을
떠고 있었다. 처음 눈에 들어온 오로라를 카메라로 찍을 생
각도 하지 못한 채 넋 놓고 보고 있었다. 저런 것이 존재했구
나. 나라는 조그마한 존재가 아직도 이 지구에서 보지 못한
수많은 것들을 상상했다.
　천천히 삼각대를 놓고 카메라를 고정한 후 오로라를 찍었
다.

이 방 인 에 게,
신 의 축 복 을

　잔뜩 긴장하고 기합이 들어갔던 첫날의 등산은 생각보다
싱겁게 끝났다. 꿈에 그리던 안나푸르나를 오른다는 기대감
과 고산병, 내가 잘 올라갈 수 있을까 등의 걱정이 공존했던
첫날은 땀이 살짝 흐르려 할 때 싱겁게 끝났다. 나와 친구는
약간 어리둥절한 채로 숙소에 짐을 풀었다. 가이드인 도르
지에게 "오늘은 이게 끝이야? 더 가도 되는데?"라고 말하자,
도르지는 싱글벙글 웃으며 손을 내젓고는 "괜찮아, 괜찮아.
천천히 가도 돼."라면서 여유 있는 모습을 보였다.

　그 모습에 다급하고 긴장했던 마음이 풀리면서 첫날 산속

의 하루를 마음껏 즐기기로 했다. 이곳저곳 다니며 구경도 하고, 무엇보다 그날 밤 안나푸르나 로지lodge에서 머무는 등 산객은 나와 친구뿐이어서 로지를 운영하는 가족분들과 이 야기를 나누며 친해질 수 있었다.

산의 밤은 정말 추웠다. 낮이 얼마나 더웠는지는 중요하 지 않았다. 그래서 대부분의 로지 로비에서는 밤에 커다란 난로에 불을 피웠다. 안나푸르나를 올라가는 동안 개별난방 시설을 갖춘 숙소는 찾아볼 수 없었다. 방에서는 재빨리 두 꺼운 옷을 입고 침낭 안으로 들어가야 가까스로 한기를 피 할 수 있었지만, 그렇다고 몸이 따뜻해지진 않았다. 방의 공 기도 항상 차가웠다. 추위를 떨치려고 많은 등산객이 로비 난로 주위에 동그랗게 모여 책을 읽거나 이야기를 나눴다. 그런데 이 날밤은 로지 주인 가족, 도르지 그리고 나와 친구 밖에 없었기에 우리는 마치 가족처럼 난로 주위에 앉아서 도란도란 이야기를 나눌 수 있었다.

네팔 말을 한 단어씩 배우면서 그들과 이야기하며 놀

고, 한참을 웃고 떠들다가 침묵이 찾아와도 누구도 어색해하지 않고 따뜻한 난로에 의지했던 밤.

도르지와 로지 주인 가족은 나와 친구에게 네팔에 와서 같이 살자며, 로지를 함께 운영하면서 사는 건 어떻겠냐고 물었다. 우리는 얼마든지 그러겠다고 말했다. 당장 뭐부터 해야 하냐고 반은 실없이, 반은 진심으로 대답하면서 서로 웃으며 이야기를 나눴다. 당장 내일이면 우리는 각자 길을 걸어가며 다시 보지 못할 것을 알면서도, 여행객과 여행객이 잠시 머무는 곳을 지키는 사람들만이 가능한 농담을 하면서 유쾌한 밤을 보냈다. 그렇게 장작이 모두 탈 때까지 우리는 웃고 침묵하며 훈훈하게 산에서 첫날 밤을 보냈다. 다음 날 아침, 어젯밤 우리의 시간이 의미가 없던 건 아니었나 보다. 가족 중 어머니가 나와 친구의 이마에 빨간 티카tika를 찍어줬다.

'신의 축복을 God Bless You'.

가족 중 손윗사람이 아랫사람에게 해주는 신성한 축복을 담은 의식이었다. 티카 덕분이었을까.

우리는 무사히 안나푸르나에 다녀올 수 있었다.

밤 night

） 밤
04

칠흑 같은 밤에도
길을 찾아 달린다

눈을 뜨니 새벽 3시 20분. 자다가 중간에 깬 것이 아니다. 이 시간에 일어나야 했다. 사막 한가운데서 자다가 이렇게 일찍 일어나야 한다니. 현실감이 없었다. 일어나서 주위를 둘러보니 다른 일행들은 전부 자고 있었다. 여행 중에는 이상하리만치 눈이 일찍 떠지는 습관이 있다. 부스스 일어나 눈을 비비면서 화장실로 가서 얼음 같은 차가운 물에 세수했다. 손이 오들오들 떨릴 만큼 차가운 물이지만 꾹 참고 세수를 마치고, 화장품을 얼굴에 찍어 바르는 것까지 마친 다음 일행들을 깨우기 시작했다.

다들 이 상황을 받아들이는 게 쉬워 보이지는 않았다. 사막을 2박 3일 내내 오프 로드로 달렸으니 몸의 피곤함은 극에 달했는데, 마지막 날 출발 시각이 새벽 4시라니. 이 정도면 사막투어가 아니라 사막훈련 아닌가 싶다. 다들 평소에는 잊고 살던 중력의 실체를 넘치게 느끼는 듯했다. 여유 있게 준비하는 것을 좋아하는 나는 자기 전 짐을 거의 다 싸두었다. 사막 숙소의 특성상 일어나서 세수와 양치질을 오들오들 떨면서 하는 것 외에는 할 수 있는 일이 없기에 준비를 다 마친 나는 혼자 조용히 밖으로 나갔다.

밖은 '밤'이었다. 해가 저 멀리서 슬그머니 고개를 내밀락 말락 하는 어슴푸레한 새벽이 아니라, 그냥 칠흑 같은 밤.

'아니 이런 때 출발을 한다고? 그것도 사막에서?' 도대체 이 가이드들은 어떤 기준으로 사막을 건너는 걸까? 가이드가 차를 운전할 때면 그 모습을 유심히 지켜본 나는 그가 한 번도 내비게이션을 보거나 지도를 본 적이 없다는 것을 알고 있었다. 그렇다고는 해도 여명도 밝지 않은 아직 밤에 출발한다니. 그날이 마지막 날이었기에 꼭 물어봐야 했다. 일행 모두 준비가 끝나고 차에 올라타서 출발했다. 그쯤 되자저만치 보이는 산 숲 사이로 붉은 기운이 살짝 보이는 것 같았다. 나는 일행 중 영어가 가능한 멕시코인에게 부탁해서 가이드에게 어떻게 길을 찾아다니는지 물어봐달라고 했다. 가이드는 산을 보며 다닌다고 말했다. 산봉우리들과 산세를 읽으며 길을 찾아다닌다는 것이었다. 설핏 예상은 했다. 사막에서 가장 눈에 띄지만 변하지 않고 지표로 삼을 수 있는 것은 산밖에 없었으니까. 하지만 정말 산을 지표 삼아 사막을 건너고, 볼리비아에서 칠레까지 우리를 데려다주다니. 내비게이션을 만들어낸 인간의 능력과 산을 지표 삼아 사막을 건너는 인간의 능력에는 별다른 차이가 없어 보였다.

사막의 새벽 오프 로드를 여섯 명이 끼어 앉은 지프를 타고 달린다. 그림자 없는 사막에 태양이 서서히 드리우면서 밤을 걷어내고 있었다.

그렇게 우리는 칠레로 향했다.

⟩ 밤
05

어 쨌 든 ,
친 구 가 있 으 니 까

새벽 4시, 숙소 사람 대부분이 자는 시간에 일어나 짐을
꾸리기 시작했다. 짐을 챙기다가 혹시나 하는 마음에 친구
방으로 가서 문에 귀를 대보았다. 부스럭거리는 소리가 들
리는 걸 보니, 친구도 나처럼 잘 일어나서 짐을 챙기고 있는
듯했다. 남미를 여행하면서 비행기를 족히 열 번은 탔는데
가격이 싼 비행기 표만을 찾다 보니, 새벽에 출발하는 경우
가 대부분이었다. 돈으로 행복을 살 수 없다지만 최소한 잠
은 살 수 있다는 것을 남미 여행에서 처절하게 배웠다.

밤 night

짐을 다 챙겨서 로비로 내려오니 숙소를 통해 부른 택시가 아직 오지 않았다. 나는 여행 중에는 강박적으로 시간을 지키려고 애쓴다. 이를테면, 새벽 5시에 택시가 오기로 했다면 최소한 20~30분 전에는 준비를 마치고 대기하고 있는 식이다. 부지런해서가 아니라 몇 분 남겨두고 헐레벌떡 도착할 때의 그 아슬아슬함과 불안함이 너무 싫어서다. 여느 때처럼 일찍 준비해서 로비에 앉아 있는데, 마치 졸음이라는 놈이 우리 눈꺼풀로 턱걸이하듯 최선을 다해서 눈을 감기고 있는 기분이었다. 새벽에 밖을 나가는 것은 위험하고, 숙소 안 모든 시설은 문을 열기 전이어서 별다른 방법을 찾지 못하던 차에 자판기가 눈에 들어왔다. 후다닥 뛰어가서 나는 커피를, 친구는 핫초코를 한 잔 뽑아 마셨다. 그런데 자판기 관리가 제대로 되지 않았던가 보다. 핫초코에 들어간 우유가 상했는지, 친구가 잠시 후 복통을 호소하기 시작했다.

택시를 타고 공항에 도착해서 비행기를 기다리는 내내 친구의 복통이 가시지 않는 듯했다. 비행기 시간이 한참 남은 상태로 (거의 병적인 수준으로 일찍) 도착해서 카페에서 기다리는데 친구는 통증 반 졸음 반으로 꾸벅꾸벅 졸고 있고, 책을 읽던 나는 화장실이 가고 싶었다.

"야, 짐 좀 잘 챙기고 있어. 나 화장실 좀 갔다 올게."
"어? 어… 어? 어."
"짐 잃어버리면 안 돼! 잘 챙겨!"
"어, 어. 걱정하지 마."

현실과 꿈 그 어느 경계선쯤에 있는 듯한 친구의 얼굴과 미덥지 못한 대답을 들은 나는 몹시 불안했지만, 일단 급한 불, 아니 물부터 쏟으려고 후다닥 화장실로 뛰어갔다. 볼일이 끝난 후 서둘러 카페로 돌아오니 친구는 가방을 지키겠다고 끌어안고 졸고 있었다. 그 모습을 보고 있자니 웃음이 터질 만큼 재미있으면서 든든했다.

나는 친구가 많지 않은 편이다. 거의 없다고 봐도 좋다. 사교성이 좋지도 않고, 대학교 때부터 흔히 말하는 '아싸'의 길을 걸어서 교우 관계가 좋다고 말할 수도 없다. 하지만 이 친구와는 오랜 시간 같이 보내며 서로의 부족한 점을 채워주고 충고해주며 지내왔다. 늘 혼자서만 여행을 다니던 내가 네팔과 남미를 이 친구와는 동행할 만큼 우리는 친구를 넘어서 인생을 함께 걸어가는 삶의 동료가 되었다.

친구가 많지 않다는 사실이 부끄럽지 않다. 그런 사실을 당당하게 말할 수 있는 이유는 내게 이 친구가 있어서다.

별 헤 는 밤

여행을 다녀오고 후일담을 얘기할 때 누구나 부러워하는 내 자랑 포인트는 다름 아닌 '별'이다. 그러지 않는 척하면서 여행 자랑을 할 때, 사람들은 각자 취향을 드러낸다. 어떤 사람들은 도시 이야기를 좋아하고, 자연 풍경에 흥미를 보이며, 음식·패션·고양이(?) 등 흥미를 느끼는 지점이 제각기 다르다. 하지만 이상하리만치 "진짜 별이, 지금 네가 엄청 많다고 상상하는 것에서 몇십 배는 더 보여."라고 말할 때는 거의 모든 사람이 부러워하거나, 놀라거나, 꼭 가보겠다는 반응을 보인다. 도시에서 별을 보지 못하는 이유가 한때 대기

오염 때문이라는 설이 돌기도 했으나 사실 가장 큰 이유는 아이러니하게도 '빛' 때문이다.

밤의 공포를 몰아내려고 만든 도시의 수많은 불빛이 그 동안 밤을 지켜주던 별을 밀어낸 것이다.

여전히 우리나라도 산속이나 시골에서 인공의 빛이 전혀 없는 밤에는 은하수를 관찰할 수 있다. '우유니 사막에서 밤에 쏟아지는 별을 보았다'라는 문장에서 우유니 사막보다 쏟아지는 별이 부럽다면, 당장 오늘 밤에도 볼 수 있다. 날씨만 좋다면 말이다. 하지만 사람들은 어째서 무수히 많은 별을 본다는 것이 낭만적이고, 어려운 일처럼 느낄까?

우리는 더는 밤의 어둠을 밝히기 위해서, 항해를 위해서, 계절이나 날짜를 알기 위해서 별이 '필요'하지 않다. 밤의 도시의 빛이(야근이 주로 만들어낸다), 달력이(일하는 날이 대부분이다), GPS(출근이나 출장에 대부분 쓰인다) 등이 별을 우리 삶에서 몰아냈다. 별을 몰아내고 얻은 밤의 삶을 곰곰이 되짚

어본다. 우리는 분명 빛에만 의존하던 과거에 비해 더 풍족해지고, 더 자유로워지고, 더 많은 가능성을 열었다. 그리고 이제 우리는 모두가 무의식적으로 쉬지 못한다. 어떠한 곳이든, 어떠한 방식으로든 간에 우리의 밤은 잠들지 않은 지 오래되었다. 별이 잘 보이지 않게 되었던 때와 맞물려서, 별과 함께 우리의 밤도 흐릿해졌다.

신이 별이 가득 담긴 자루를 실수로 쏟은 것처럼 별이 넘쳐나는 밤하늘을 볼 수 있다는 것. 별이 가득 수놓인 밤하늘에 담긴 의미를 현재를 사는 우리는 본능적으로 알고 있다. 잃어버린 밤을, 흐려진 밤을 또렷이 마주했다는 것. 주위에 자신을 비추는 불빛 하나 없이 햇빛만큼이나 포근한 밤에 안겨보았다는 것. 그것이 얼마나 큰 휴식인지 다들 알고 있다.

오늘 밤만큼은 모두가 쏟아지는 별을 볼 수 있기를.

때 로 위 로 는
음 악 처 럼

제이슨 므라즈의 「I'm yours」를 모르는 사람이 있을까? 최
소한 후렴구를 흥얼거릴 정도는 알 것이다. 그리고 이 전제
는 최소한 서양권 사람들에게는 더욱더 통용될 확률이 높
다. 세계적으로 흥행한 노래의 장점은 바로 이런 것이다. 노
래 외 것을 이야기하려면 언어가 필요하다. 영화 · 책 · 정
치 · 고양이 등 이야기를 나누기 위해서는 서로의 언어를 사
용해야 하지만, 노래는 그저 같이 따라 부를 수 있다. 얼마나
아름다운 일인가.

게스트하우스 로비에 서로 모르는 다양한 국적의 사람들이 모여 각자 다른 일을 하면서 앉아 있는데, 어떤 사람이 우쿨렐레로 〈I'm yours〉를 연주하자 거기 앉아 있던 모든 사람이 다 같이 노래를 따라 부르는 상황이라면 더할 나위 없다. 국적도 나이도 성별도 다른 사람들이 모여서 각자 다른 길을 통해 왔고 다른 길로 떠나겠지만 그 여행, 그 장소, 그날 밤, 그 노래를 부르는 그 순간 우리는 서로의 여행을 응원해주고 있었다.

우리의 여정이 틀리지 않았다고, 오늘은 인생에서 꼭
남을 밤이라고, 노래를 부르며 이야기해주고 있었다.

노래가 끝나자 마치 콘서트라도 온 것처럼 갈채가 쏟아졌고, 이번에는 누군가 기타를 꺼내서 서로가 돌아가며 연주하기 시작했다. 세계의 명곡들이 쏟아져 나왔고 우리는 한 시간이 넘도록 함께 노래 불렀다. 기타가 내게로 넘어왔을 때 나는 「노킹 온 헤븐스 도어Knockin' on Heaven's Door」와 「할렐루야Hallelujah」를 연주했다. 사람들은 「할렐루야」를 부르며 밤을 정리하는 느낌을 받은 듯했다. 노래가 끝나고 사람들이 한 번 더 연주를 요청하자 나는 기쁜 마음으로 앙코르곡을 연주했다.

그렇게 뉴질랜드 음악의 밤은 저물었다.

'셀카' 말고,
셀프 '우쭐'

자신의 멋에 취해야 할 때가 있다. 각자 성장 환경에 따라 차이가 있겠지만, 내가 느끼는 우리 사회 분위기는 전반적으로 칭찬이 결핍되어 있다. 우리는 어릴 때부터 부모, 학교, 사회에서 가해지는 기대감이라는 압박을 견디며 살아야 한다. 대학 진학 후 사회까지 이어지는 외모, 나이, 학벌, 직업, 재산, 고양이 유무(!) 등 많은 것이 타인과 비교 대상이 되어 입방아에 오르내린다. 그 과정에서 자신이 가지고 있는 것에 대한 칭찬을 들으며 살아왔다는 사람을, 최소한 내 주위에서는 찾기 힘들었다.

미천한 경험이기는 하지만, 짧은 해외 생활과 여행으로 만난 다른 나라 사람들의 경우(대다수가 서양권이긴 하지만)는 조금 달랐다. 그들도 타인에 대한 부러움이나 시샘 같은 감정은 있다. 자국 유명한 부자들에 대해 이야기하기도 하고, 좋은 대학에 대한 열망이나 외모에 대한 부러움 등을 털어놓기도 한다. 그런데 조금 다른 점은 이것이 자기비하 또는 자존감을 깎는 행위로 가지는 않더라는 것이다. 그러니까, '감정적 꼬리 자르기'를 잘하는 듯 보였달까. 왜 그럴까? 궁금증을 가지고 그들을 조금 관찰해본 결과, 대부분 그런 친구들은 자기 자랑을 잘했다. 타인에게 부러운 점이 있어도, 자신에게도 잘난 부분이 있다는 것을 인지하고 있는 경우가 많았다. 자신의 멋에 취하는 방법을 아는 듯했다. 그리고 그런 대화를 하는 중간에도 대부분 상대방을 쉽게 칭찬했다.

이렇게 구구절절하게 칭찬에 대해서 떠드는 이유는 짐작했겠지만, 내 칭찬을 하기 위해서다.

여행자금에서 가장 크게 절약할 수 있는 비용 중 하나는 숙소다. 8인실 도미토리 숙소는 잠만 자는 곳으로, 사용하기에 큰 불편은 없다. 다시 말해, 그 외 나머지는 모두 불편하다는 의미다. 2층 침대 4개가 빽빽하게 들어가 있는 방에서 밤이 되면 어김없이 불을 꺼야 하니 정말이지 할 수 있는 일이 없다. 밤에 침대에 누워서 책을 읽으려는데 소등 시간이 되었다. 스마트폰으로 이것저것 할 수도 있겠지만, 왠지 그날 밤은 책을 더 읽고 싶었다. 마침 내가 손전등을 챙겨왔다는 사실(이걸 왜?)이 생각났고, 침대 기둥에 고리 같은 게 달렸기에 거기에 묶어서 전등처럼 설치한 후 책을 읽기 시작했다. 문득 외국의 도미토리 숙소에서 이렇게 전등을 만들어 책을 읽고 있는 내가 느낌 '있어' 보였다. 거기에 화룡점정으로 방으로 들어오던 다른 여행자가 내 침대 상황을 보더니 '엄지 척' 하고는 자기 침대로 올라가는 것이 아닌가. '그래, 나만의 착각이 아니었어. 지금 내 모습은 완전 쿨해!' 셀카를 찍었다. 내가 얼마나 멋져 보이던지.

그래서, 당신은? 최근에 언제 가장 스스로 멋져 보이던가요?

그 것 의   쓰 임

누군가 내게 여행을 떠날 때 가지고 가면 좋은 물건을 추천해달라고 한다면, 나는 주저하지 않고 '빨랫줄'을 권할 것이다. 안다. 대부분 '뭐가 어쩌고, 어째? 비행기 타기 전에 신발 벗고 올라타라고 해라!'라는 반응일 수 있다. 그런데 비행기는 신발을 벗고 타는 것이 맞다. 대부분 그렇게 하지 않아서 승무원이 일일이 제지하지 못할 뿐, 벗고 타는 사람에게는 승무원이 감사하다는 말과 함께 음료수도 서비스로 주니까 꼭 신발은 벗고 타자. 아무튼.

여행도 삶의 일부분이다 보니, 의식주에 대해 생각하지
않을 수 없다.

숙소를 잘 선택해야 하고, 배고플 때 밥을 잘 먹어야 하며,
평소보다 세탁 상태에도 신경 써야 한다. 사람마다 차이는
있겠지만, 내 경우 짐을 줄이기 위해 제거되는 물품 중 첫 번
째가 옷이다. 미적 기준은 최소한으로 잡고(전혀 신경 쓰지 않
을 수는 없다), 최소한의 세탁 일수를 계산한 다음, 최소한의
옷을 챙긴다. 그러다 보면 속옷은 많아지고 그 외 옷은 적게
는 두세 벌, 많아야 서너 벌 정도다. 여행 기간에 따라 조금
달라지지만, 평균적으로 2주에서 4주 정도 되는 내 여행 일
정 중에서 옷의 개수는 크게 달라지지 않는다.

숙소 대부분이 세탁 서비스를 제공한다. 숙소에서 제공하
지 않아도 개의치 않는다. 대체로 숙소 주변에 빨래방이 있
으니까. 하지만 세탁비가 저렴하지도 않고 여행하면서 세탁
에 시간을 많이 할애하기도 싫다. 특히 속옷 같은 경우 매일
갈아입어야 하지만 날마다 세탁기를 돌리기는 어렵다. 그

래서 숙소에서 밤에 샤워하면서 손빨래를 하는 경우가 많다. 그럴 때, 이 빨랫줄이 어마어마한 도움이 된다. 줄 양 끝에 고리가 달린 내 빨랫줄은 도미토리 룸 침대 안에서도 사용할 수 있고, 친구와 방을 따로 잡았다면 사용하기 훨씬 편하다. 단순히 빨랫감들이 아니라 샤워하면서 사용한 수건을 걸어 두고 자면 다음 날 뽀송뽀송하게 잘 말라있다. 이미 나와 같이 여행을 갔던 친구와 여정 중간에 만난 여행 동료들을 통해서 검증을 끝냈다. 처음에는 모두 '에이 굳이 뭐 그런 걸…'이라고 하지만, 내가 빨랫줄을 걸 때마다 이내 '내 것도 같이 하나만 걸어주…'와 같은 처량한 말과 눈빛을 보낸다. 물론 그럴 때 나는 승자의 미소를 지으며 '꺼져!'라고 답한다. 참고로 나는 빨랫줄 사업과 전혀 관련이 없으며, 이와 연관된 그 어떠한 주식도 보유하지 않았음을 밝힌다. 그저 모든 여행자가 조금 더 편하게 여행하길 바랄 뿐. 내 빨랫줄 쓰지 말고.

） 밤
10

침 이 고 인 다

　나는 음식에 큰 흥미가 없다. 맛있는 음식을 좋아하는 건
당연하지만, 맛집을 찾아다닌다든지 매 끼니를 맛있게 먹어
야 한다고 생각하는 부류의 인간은 아니다. 맛보다는 '탄(수
화물)단(백질)지(방)'의 비율과 하루 섭취량에 대한 전체 영
양을 조금 더 따진다고 할까. 우리나라에서도 그런데 여행
을 가면 오죽할까. 물론 여행을 가서는 그 나라의 음식을 먹
으려 하지만 그중에서도 가장 저렴한 음식만 골라 먹는다
(탄단지가 적절히 분배된 음식 중 가장 저렴한). 여행 경비를 줄
이려는 이유도 있고, 앞서 말했듯 음식에 큰 흥미가 없기 때

문이다.

그런 나에게도 판타지가 가미된 음식이 있다. 바로 '스튜'다.

한국에서는 여러 가지 이유로 찾아보기 힘든 이 음식은 서양에서 아주 오래된 찜과 조림 그 어딘가의 음식이라고 할 수 있겠다. 어렸을 때부터 세계 역사에 관심이 많았고 거기에 판타지 소설에 대한 애정이 더해져, 마음 한구석에 이 스튜라는 음식에 대한 환상이 자리 잡았다. 마치 만화에서 나오는 모양의 고기를 먹어보고 싶은 마음 같달까?

그러다가 남미의 한 마을에서 저녁 식사를 위해 무작정 들어간 식당에 'stew'라고 적힌 메뉴를 보았고, 주저 없이 주문했다. 사실 스튜라는 것이 결국 채소와 고기를 마구 넣어서 푹 끓인 음식이기 때문에 맛에 대한 기대가 크지는 않았다. 다만 먹어본다는 것에 의의가 있을 뿐,이라고 생각한 나는 스튜를 향해 무릎을 꿇고 사죄하고 싶었다.

정말 맛있었다. 마치 요리하시는 분이 부엌 너머로 나를 흘긋 보고는 "저렇게 생긴 놈들은 이런 맛을 좋아하지. 나는 16년간 한 번도 틀려본 적이 없어!"라고 읊조리며 만든 음식 같았다. 같이 나온 빵도 내가 좋아하는 식감이었기에 허겁지겁 먹으면서 음식 사진을 찍는 나를 보며, 친구는 마치 지구 멸망을 목격한 표정이었다. 그렇게나 맛있냐며 놀란 눈으로 내 스튜를 맛본 친구는 그저 그렇다는 오만방자한 평가를 내렸다. 나는 이후로도 마을에 머문 2박 3일 동안 그 식당을 세 번 더 찾았다. 물론 세 번 다 똑같은 스튜를 시켜 먹었으며, 단 한 번도 후회하지 않았다. 그렇게 스튜는 나의 판타지와 입맛을 모두 채워주었다.

아, 지금 생각해도 침이 고인다.

사 막 의 밤 추 위 를
이 기 는 힘

사막의 밤이 춥다는 말을 들은 적이 있다. 많은 사람이 어
디선가 이런 말을 들어봤을 것이다. 사막은 밤이 되면 정말
추워진다고. 하지만 그렇게나 추울 줄은 미처 몰랐다. 낮의
우유니 사막을 보면, 이곳이 밤에 그토록 추워질 거라는 상
상은 조금도 할 수 없다. 자신의 상상력이 남들보다 월등하
다고 자부하는 사람이라면 모를까, 나같이 평범한 상상력을
가진 인간은 여기서 추워져봐야 얼마나 춥겠어, 따위의 생
각을 할 수밖에 없다.

햇살로 찍어 누르는 태양을 피할 수 있는 곳은 오직 차 안뿐인 사막의 낮에서, 공기가 차가워지는 밤을 상상하기란 그렇게나 어렵다.

하지만 상상은 곧 현실이 된다고 누가 그랬나, 진짜. 이건 심지어 상상하지도 못했는데. 정말이지 턱이 덜덜 떨리고, 손을 잠깐만 밖에 내놓아도 아찔할 만큼의 추위가 느껴졌다. 투어를 같이 온 일행이 챙겨온 모든 옷을 이미 다 껴입은 상태로 덜덜 떨고 있었다. 친한 여성분들은 서로 부둥켜안고서 떨고 있었고, 나와 친구는 차마 부둥켜안지는 못하고 서로 괜찮냐는 눈빛을 한 번씩 주고받으면서 말없이 오들오들 떨고 있었다. 추위에 강한 편인 나도 코를 훌쩍이며 숙소로 돌아가자는 말을 몇 번이나 목구멍으로 삼켜야 했다. 하지만 이 모든 추위와 고생을 감내하는 일에는 다 이유가 있었다.

우유니 사막의 필수 코스 중 하나가 별이 쏟아지는 사막을 배경으로 사진을 남길 수 있다는 것이다. 평소 사진에 큰 미련이 없는 나도 이 사진만큼은 꼭 남기고 싶다고 생각했다. 수천 개의 별을 배경 삼아 사진을 찍을 수 있다니. 실제로 한 명씩 사진을 찍고 결과물을 볼 때마다 모두가 감탄사를 터트리며 자신의 사진을 기대했다. 투어 일행들은 서로의 포즈를 잡아주고 잘못 나오면 다시 찍어야 한다면서 응원했다. 그 힘(?)으로 살이 얼어붙는 듯한 우유니의 밤 추위를 버틸 수 있었다. 하지만 마지막 사람의 촬영이 끝나자 뒤도 돌아보지 않고 바람과 같은 속도로 차에 오르는 모습을 보면서 참 많은 생각이 들었다….

) 밤
12

떠 나 온 사 람,
머 무 는 사 람

숙소로 돌아와서 짐을 대충 풀어놓고 곧바로 너에게 전화를 걸어. 여기는 이제 겨우 저녁 먹을 시간에 가깝지만, 새벽에 머물고 있을 너에게. 여행하며 있었던 일, 내가 없는 동안 너에게 일어난 일 등을 서로 얘기하며 웃고 떠들지. 밝은 듯 보이지만 섭섭함이 배인 너의 목소리가 신경 쓰이지 않는 척하며.

여행을 가는 것이 문제가 아니라 혼자 떠나는 여행이 신경 쓰인다고 너는 항상 말했어. 차라리 친구들과 가면, 친구들과 재밌는 시간을 보낸다고 생각하면 자기도 기쁠 것 같

밤 night

다고. 하지만 혼자 가는 여행은 스스로를 외롭게 만드는 것 같고, 자신도 외로워지는 것 같은 기분이라면서.

나는 그 말이 옳다고 했어. 외로워지러 간다고. 끊임없이 사람과 관계를 맺는 일에 나는 때로 지치고 귀찮고 무력해지는 기분이거든. 그래서 훌쩍 혼자가 되고 싶어져서 떠나는 거야. 누구도 신경 쓰지 않아도 되는 곳으로, 누구를 신경 쓰려는 나 자신을 신경 쓰지 않아도 되는 곳으로.

그렇게 지내다 보면 문득 외로움을 느끼거든. 우리는 결국 혼자 살아갈 수 없어서 고통스러우니까. 그러면 두고 온 사람들을 생각하게 돼. 한 발짝 떨어져서 보면 다들 너무 소중하고 고맙고 미안한 법이거든. 머리로는 이해가 되도 마음으로는 이해하기 힘들지만, '뭐, 어쩌겠어. 즐거운 여행하기를.'이라고 말하는 너를 보며 이 여행이 내 생각보다 빨리 끝나기를 바랐지.

금방 돌아갈게. 고마움과 미안함을 싸 들고.

〉 밤
13

남 의 밥 상 에 숟 가 락 얹 기

친구와 나는 자정에야 간신히 부에노스아이레스에 도착
했다. 늦은 시간에 공항에 도착한 것도 만만한 상황이 아닌
데, 사실 지금부터 시작이다. 이구아수로 가려고 가장 저렴
한 비행기 표를 끊었더니 몸으로 때워야 하는 일이 많아졌
다. 유독 환승이 많아 보인다 했는데 부에노스아이레스에
있는 공항으로 가서 또다시 갈아타야 했다. 차로 가도 한 시
간이 넘게 걸리는 거리였다. 여행 중에는 늦은 밤이나 이른
아침 또는 새벽에 어딘가로 이동하는 경우가 가장 난감하
다. 치안 면에서 위험성도 높지만, 이동 수단이 극히 제한되

고 택시라면 덤터기를 씌울 확률이 높기 때문이다.

　공항에서는 전 세계 늦은 시간대의 그 공간에서 흔히 볼 수 있는 풍경들이 벌어지고 있었다. 택시기사들과 여행객들의 숨 막히는 신경전! 지키려는 기사들과 깎으려는 여행객들은 온갖 방법을 동원해 서로가 원하는 결과를 얻으려 하고 있었다. 해외에서는 '우버'가 일상화되어서 이런 풍경은 이제 많이 사라졌지만, 그럼에도 아날로그는 어디에나 남아 있다. 더욱이 내 계정은 알 수 없는 오류로 인해 우버를 사용할 수가 없었다. 친구는 어쩔 줄 몰라 택시를 어디서 잡을 수 있는지, 남아있는 셔틀버스는 없는지(자정에?) 공항에 들락날락하면서 이리 뛰고 저리 뛰고 있었다. 그동안 나는 무거운 짐을 내려놓고 천천히 주변을 둘러보았다. 이럴 때 당황한 모습을 보이면 택시기사들의 먹잇감이 된다. 패닉에 빠질수록, '이 상황만 벗어나게 해준다면!' 하는 마음은 비싼 값을 치를 확률로 직결된다. 하지만 내게는 통하지 않지.

　그러다가 택시기사 한 명과 여행자 두 명이 흥정하고 있는 모습이 눈에 들어왔다. 서로 강경한 입장을 고수하기보다는, 어느 정도 협상의 모양새를 갖추어 가는 것을 보니 택시기사가 합리적인 제안을 하는 듯 보였다. '저기다, 저기로 치고 들어가야 한다!' 나는 당장 친구를 불러서 빠른 걸음으로 그곳으로 가 기꺼이 협상 테이블에 끼어들었다.

"우리 ○○ 공항 가는데!" 택시기사와 두 여행자는 약간 놀란 눈으로 친구와 나를 쳐다봤다. 하지만 여행자 둘은 "우리는 시내로 가."라면서 우리가 협상에 끼는 것을 거부했다. '이럴 수가. 내 감이 틀렸다는 말인가, 이 내가?'라는 아침드라마 '실장님' 같은 대사를 떠올리며 패닉에 빠지려는 찰나, 택시기사가 엄청난 중재안을 테이블에 올렸다. "자, 봐. 너희가 가는 공항이 시내에서 별로 안 멀어. 여기서 시내나 공항까지 가격 거의 비슷해. 그러니까 너희 서로 반반만 내. 그럼 내가 시내 들렀다가 공항으로 가줄게." 순식간에 여행자 넷은 각자의 일행 그리고 서로를 한 번씩 바라보았다. 여덟 개의 눈동자가 잠시 춤을 추는 동안 택시기사는 이것이 최선이라는 듯 팔짱을 끼며 우리를 바라봤고, 넷은 재빠르게 저

울질했다. 저쪽에서 먼저 "Good"을 외치자, 우리도 질세라 "Good"을 외쳤다. 3자 회담이 극적 타결되는 순간이었다.

그렇게 평화로운 협상을 이뤄낸 아르헨티나, 프랑스, 대한민국은 하나가 되어 부에노스아이레스를 가로질러 각자의 목적지까지 안전하게 도달했다는 동화 같은 이야기.

교훈: 공항에서 당황하는 모습은 곧 '호구' 잡히기 십상이다. 협상은 기세다. 이미 협상 중인 테이블을 노려라. 그곳에는 빈틈이 있다. 그 자리를 차지해라. 그러면 '반값'이다.

） 밤
14

공항에서 밤을 지새운다면
— 이것은 실전

* 당신이 비행기 표를 받은 후 가장 먼저 해야 할 일은 비어
있는 콘센트를 찾고 거기에 둥지를 트는 일. 어느 공항이
든 밤새는 여행객들은 있으며, 그들에게는 음식보다 전
기를 공급받는 일이 더욱 중요하다. 콘센트를 찾아라! 그
동안 찍은 사진들만 주구장창 돌려보고 싶지 않다면.

* 요즘 공항은 대부분 무료 와이파이를 제공한다. 어느 곳
은 시간제한이 있을 수도, 어떤 곳은 내가 편지를 보내도
이것보단 빠르겠다 싶은 수준이기도 하지만, 어쨌든 와

이파이가 있으므로 작게는 태블릿 PC나 가벼운 노트북을 들고 다닐 것을 추천한다. 당신의 남는 시간을 이것처럼 잘 달래 줄 것이 또 있으려고?

* 혼자 여행 중이라고 가정할 경우, 커피를 권하지 않는다. 해외의 치안은 우리가 상상하는 것보다는 좋으면서도, 기대만큼 좋지 않다. 당신이 공항에서 옆에 거대한 짐을 두고서 잠든다면, 깼을 때는 옷을 입고 있는 사실에 감사해야 할지도 모른다. 그러니 깨어 있는 상태가 안전한데, 깨어 있으려고 커피를 자주 마시면 화장실을 가게 된다! 그런 때 우리나라처럼 가방을 홀로 두고 화장실을 다녀올 예정이라면 그동안 내 짐을 잘 담아주느라 수고했고 고맙다고 작별인사를 한 다음에 갈 것을 추천한다.

* 잠을 깨기 위한 가장 좋은 방법은 당연히 '대화'다. 공항에서 밤새우게 되는 일은 대부분 당일 결정된 일이 아닐 때가 많다. 다시 말해, 여행 계획에 이미 포함되어 있을 확률이 높다는 의미다. 그렇다면 그 시간에 한국에서 전화

밤 night

통화를 할 사람을 미리 섭외해둘 것을 추천한다. 시차가 있으니 본인은 새벽이지만 한국은 대부분 깨어 있을 시간대일 가능성이 높다. 미리 나와 서너 시간 떠들 사람을 포섭해두던가, '한 시간'짜리 네댓 명을 확보해두면 좋다. 앞서 말했듯 대부분 공항 와이파이를 사용할 수 있으니 다양한 경로로 통화가 가능하며, 통화 중 내가 10초 이상 말이 없을 시 졸고 있을 확률이 높으니 소리를 지르거나 욕을 해달라고 하면 상대방도 신이 날 것이다. 평소 나에게 앙금이 있던 상대라면 일부러 10초간 말없이 있어 주자.

* 무엇보다 지금 말하는 내용이 가장 중요한 팁이 될 것이다. 그냥 돈 좀 더 쓰고 밤새는 일 없이 일정을 꾸리는 게 가장 좋다. 진짜다.

사 람 이 죽 으 면
별 이 된 다 했 던 가

　별을 보는 것만으로 부족할 때가 있다. 사람마다 각자 자신을 정의하는 단어가 하나씩 있다고 생각한다(없다면 이번 기회에 생각해보시길). 내 경우, 그것은 '호기심'이다. 어렸을 때부터 어떤 것이 좋으면 단순히 그것을 좋아하는 것에서 그치지 않았다. 어떻게 만들어졌고, 어떻게 작동되고, 왜 이렇게 생겼는지 등을 알아봐야 직성이 풀렸다. 그래서 어릴 때는 쓸데없는 것을 자꾸 묻는다며 혼이 난 기억이 많다. 과거에 어른들이 현재 '구글'처럼 친절하게 묻는 대로 답해줬다면 나는 과학자가 됐을지 모른다.

나는 어릴 때부터 별을 좋아했다. 자연스럽게, 자라면서 천문학에도 관심이 커졌다. 칠레의 아타카마 사막에 도착했을 때 나는 세계 최대 크기의 전파망원경이 이곳에 있다는 사실을 알고, 멀리서나마 그 위용을 확인하기 위해 가보고자 했다. 그러나 차로 네 시간이나 되는 거리를 택시로 다녀오기엔 무리였다. 입이 뿌루퉁하게 나와서 툴툴거리며 친구들과 같이 길을 걷는데 관광 투어 중 '천문학 투어'가 눈에 들어오는 게 아닌가! 나는 당장 친구들을 끌고 저기 가야 한다고 말했다. 계획에 없던 투어였지만 친구들은 재밌겠다며 다 같이 천문학 투어에 응했다. 투어에는 소형 망원경으로 별 관찰, 관찰한 별에 대한 설명과 영상 등 다양한 프로그램이 있었다.

천문학 투어는 밤에 시작한다.

여기서 나의 놀라운 선견지명이 두 가지나 발휘됐다. 첫 번째는 시간대였다. 천문학 투어는 총 세 가지 시간대 가운데 원하는 시간을 고를 수 있는데, 친구 둘은 뒤쪽 시간대로 결정하고 숙소에서 씻고 투어를 다녀오자고 했다. 하지만 나는 과감하게 가장 앞쪽의 시간대를 정하고, 그때까지 놀다가 투어를 마친 후 숙소에 가서 편하게 씻고 휴식을 취하자고 주장했다. 나의 완고한 입장 그리고 화려한 언변이 아니라, 막무가내의 생떼로 내 의견을 관철할 수 있었다. 그런데 내 생떼가 신의 한 수였다!

먼저, 그 시간대에 투어를 신청한 사람이 우리 셋을 제외하고 딱 한 명밖에 없었다. 모두 넷이서 버스를 타고 높은 곳에 위치하고, 주변에 빛이 없는 산속으로 들어가 투어를 시작했다. 두 명의 천문학 가이드는 마치 과외를 하듯 우리에게 길고 친절한 설명을 해나갔다. 거기다 투어 참가자 네 명 모두 학구열이 뛰어나 보였는지, 이렇게 관심을 보이면 너무 신난다며 평소보다 조금 더 길게 그리고 더욱 다양한 설명을 곁들여 별을 보여주었다. 모든 설명은 영어로 진행되었는데, 어느 정도 영어를 한다고 생각했던 나는 천문학 지식과 함께 겸손과 좌절을 배웠다. 다행히, 평소에 천문학에 관심이 있어서 몇 가지 전문 용어들을 알아들을 수 있었고 불행히, 친구들의 통역 요구에 어렵사리 알아들은 영어를 어려운 한국어로 통역하느라 머리가 초신성처럼 폭발할 지경이었다.

두 번째로, 즐겁게 투어를 마치고 다음 시간대의 투어 버스에서 내리는 사람들과 가볍게 인사하고 버스를 타고 내려오니 하늘은 먹구름을 드리우기 시작했다. 울먹울먹하는 하늘을 보며 친구들은 내 선견지명에 감탄은커녕, 비가 올지 모르니 빨리 숙소로 돌아가자고 보채기 시작했다. 옛날에는 사람이 죽으면 하늘의 별이 된다고 생각했다던가. 나는 갑자기 그 이야기가 믿고 싶어지면서, 하늘에 별 두 개를 추가하고 싶었다.

〉밤
16

백 야 와 혐 오 사 이

해가 뜬 밤, 아이슬란드 여름의 '백야White Night'를 경험
하면 '정상'이라는 개념이 송두리째 흔들리지 않을까,
생각했다.

문명을 지탱하는 가장 큰 기둥 중 하나는 숫자일 테다. 인
류 문명은 숫자라는 개념이 사라지는 순간 뿌리째 흔들리며
사라질 것이다. 시간, 날짜, 화폐, 컴퓨터, 모든 것이 사라진
다고 생각하니 정작 무엇이 남을까 싶을 정도다. 이런 것들
이 백야와 무슨 상관있냐고? 조금만 기다려 달라.

숫자로 규정된 것들은 마치 진리이고 불변의 개념 같아 보이지만 자세히 들여다보면 결국 인간들의 편의를 위한 '합의점'이라는 것을 금세 알 수 있다. 날짜는 언제부터 존재했을까? 누군가(그레고리 아저씨)가 "야, 우리가 이렇게 1년을 만들어 봤거든? 이제 이걸 1년으로 하는 거다!"라고 만든 걸 전 세계 사람들이 "오, 그거 좋네! 우리도 할래!"라면서 다 따라 하는 중이다(많이 축약하자면). 시간, 돈, 시험 점수 등 모든 것이 인류가 만들어낸 상상의 단위를 현실로 믿으며 살아가고 있다. 즉 이 현실이 '정상'이라고 믿으며 이 정상 상태를 유지하기 위해 모두 열심히 사는 것이다.

'밤'도 마찬가지다. 우리는 성장 과정에서 낮과 밤에 대한 수많은 이미지, 동화, 과학적 사실 등을 듣는다. 만약 내가 한국에서 태어나 오로지 한국에서만 생활하다 죽는다면 그리고 백야에 대해서 전혀 듣지 못한 채 생을 마감한다면, 내게 '밤'은 한없이 어둡고, 태양이 낄 자리가 없는 개념이 정상일 것이다. 그것이 내게는 '옳은' 밤이다. 그러나 멀리 다른 행성으로 갈 것도 없이, 지구에도 '해가 뜬 밤'이 있다. 그곳의 사람들은 해가 떠서 환하게 세상을 비추는 동안을 '밤'이라고 부른다. 그 '밤'도 틀리지 않았다. '다른 밤'이 있을 뿐이다. 아마도 내가 직접 보지 않았다면, 누군가 놀리는 거라 여기며 거짓말, 음모론, 덜떨어진 놈이라고 그에게 욕을 내뱉을지 모를 노릇이다. 그런 '밤'이 있음에.

　세상을 알아가는 일에 있어 장점이 하나 있다. 이렇게 조금씩이나마 '다름'에 대해서 깨달아 갈 수 있다는 것. 그리고 그 과정에서 혐오가 줄어든다는 것. 혐오는 무지에서 온다는 것. 내가 모르는 것에 대해서 사람은 본능적으로 공포를 느끼기 쉽다. 공포를 이기기 위한 방어기제가 분노와 혐오다. 여행을 떠나 백야를 보는 것이 또 그렇게 세상을 알아가는 것이, 세상의 혐오를 조금이나마 덜어낼 수 있는 일이지 않을까 생각했다.
　참고로 나는 여름이 아닌 '겨울'에 아이슬란드를 여행했기에 백야를 볼 수 없었다. 뭐. 왜.

〉 밤
17

해 와 달 이
동 시 에 떠 있 는 순 간

밤과 낮이 만나는 순간이 있다.

　찰나의 순간이라도 그들은 마주치기 위해 매일 활동한다. 불가지론자에 가까워 '운명'이란 것이 있는지 모르겠지만, 금지된 어떤 것이 존재하는 것 같은 생각이 들 때가 있다. 견우와 직녀의 만남처럼, 로미오와 줄리엣의 사랑처럼.

　찰나의 순간이 지나면 모든 것이 바스러질 것을 알면서도, 아니 순간만 피하면 모든 것이 평화로울 것을 알면서도, 그 찰나를 위해 파멸을 택하는 존재들. 어리석음을 방패 삼아 화살을 막아보려 하지만 방패의 무게에 짓눌려 결국 모든 것을 잃고 마는 것이 그들의 최후일 것이다.

어쩌다 우연히 하늘에 달과 해가 동시에 떠 있는 순간을 볼 때면 무엇인가 금지되어 있는 현상을 몰래 마주한 느낌이다. 저 둘은 만나서는 안 되는데, 어쩌다 겨우 몰래 만나 이야기를 나누는 모습을 내게 들킨 건 아닐까? 모른 척해야 하나? 하지만 왜 금지된 것들은 언제나 저렇게 매혹적이고 신비스러운 걸까. 매일 해와 달이 동시에 뜨고 졌다면 저렇게 신기하지도 않겠지.

《노인과 바다》에 이런 구절이 있다. "별을 죽이지 않아도 된다는 건 천만다행이야. 인간이 달을 죽여야 한다고 생각해 봐. 달은 도망치고 말지. 하지만 만약 우리가 날마다 해를 죽이려 한다면 어떨까? 그렇게 타고나지 않은 건 정말 행운이야. 난 이런 건 이해하지 못해. 하지만 사람이 해나 달이나 별을 죽이지 않아도 된다는 건 좋은 일이야."

때로 멀찍이 떨어져 있을 때가, 그런 때가 아름다울 수도
있다는 생각이 들었다.

）밤
　18

strike, 스트라이크

저녁 식사로 다음 날 아침 메뉴가 식탁에 올랐다. 우리 네 명은 마른 빵에 달걀 조금 그리고 버터 약간으로 저녁 식사를 시작했다. 아무리 여행자들이 가난하고, 경비를 아끼는 품목에서 식비가 높은 비중을 차지한다지만 이 정도로 식사를, 그것도 저녁으로 먹는 경우는 흔치 않았다.

여행 중 남미에서 가장 '유행'했던 건 다름 아닌 시위였다. 에콰도르, 칠레, 볼리비아 등지에서 시위가 일어났고 실시간으로 한국의 언론에서 보도할 정도로 규모도 컸다. 여행자 사이에서 '○○ 공항 폐쇄' '고속도로 통제돼서 ○○○은 못가요' 등의 실시간 정보가 오갔으며 시시각각 변하는 상황에 맞춰서 여행자의 계획도 변동되었다. 나는 세 명의 일행을 페루에서 만나 볼리비아에 도착한 참이었다. 그곳에서 점점 커지는 시위 규모를 숙소에서 두 눈으로 확인하고 있었다.

새벽 비행기를 탔기에 많이 지친 세 명의 일행은 숙소에 도착 후 낮잠을 자러 방에 들어갔다. 평소에 낮잠을 자지 않는 나는 환전도 할 겸 숙소 근처라도 산책할 생각으로 밖으로 나갔다. 사람이 거의 없는 거리 풍경은 흡사 죽은 도시 같았다. 조심스럽게 이곳저곳을 돌아다니고 있는데, 갑자기 어디선가 호루라기 소리와 함께 폭죽 터지는 소리가 들리더니 큰 대로변 저 멀리서부터 시위대가 보이기 시작했다. 그들은 순식간에 도로를 점령하고 깃발을 나부끼며 소리를 질러대기 시작했다. 그나마 문을 연 몇몇 상점은 시위대가 나타나자 혹시나 모를 상황에 급히 문을 걸어 잠그고 모두 안으로 들어갔다. 나는 숙소로 돌아가야 한다는 생각이 들면서도 시위 현장이 궁금해, 여차하면 뛰어갈 수 있을 정도로 숙소와 가까운 곳에 서서 그들을 바라보고 있었다.

그들은 한눈에 봐도 분노로 가득 차 있었고, 무엇이든 자신들을 막는 것은 짓밟고 전진할 준비가 되어 있는 듯 보였다.

한 상점 주인은 나와서 시위대에 항의하며 언성을 높이기도 했고, 바로 옆에서는 차량에 돌을 던지며 싸움이 일어나기도 했다. 세계 평화를 바랄 정도의 풋내기는 아니지만, 최소한 사람들이 이 정도의 분노를 느끼지는 않는 사회가 만들어졌으면 좋겠다는 말도 안 되는 생각을 하며 숙소로 돌아왔다. 어찌 되었든 이방인인 나는 그저 그들의 안전을 바랐다. 일행은 모두 잠에서 깨어 있었고, 곧 저녁이 되었다. 숙소 주인은 절대로 바깥에 나가지 말라고 충고했고, 자신도 무서워서 나갈 수 없다고 말했다. 시위로 상점이 며칠간 문을 열지 않아 숙소에는 남은 식량이 별로 없었다. 우리가 곤란해하자 숙소 주인은 내일 아침용으로 남은 음식이 있는데, 괜찮으면 그걸 저녁으로 주겠다고 했다. 그러면서 내일 낮이 되면 문을 여는 곳이 있을 수도 있으니, 그때는 바깥에서 식사할 수 있을 거라고 말했다. 우리는 선택권 없는 선택을 해야 했다. 밖에서는 여전히 고함과 때때로 무언가 터지는 소리가 들렸고, 우리 넷은 테이블에 앉아서 아침 식단에나 어울릴 법한 가벼운 식사를 저녁으로 때우며 실시간으로 뉴스를 확인하고 있었다.

내일 아침 떠나는 비행기가 취소되지는 않는지 몇 번이고 확인했다.

)밤
19

항구에 밤이 찾아와서
나는 집으로 돌아갔다

밤을 맞이하는 항구는 비현실적인 느낌이 든다. 스페인어
로 '항구'라는 뜻을 도시 이름으로 쓰고 있는 푸에르토 나탈
레스에서 우리는 저녁을 먹은 후 도시를 산책하기 시작했
다. 여행지에서 특별한 목적지 없이 여유롭게 동네를 산책
하는 시간, 잠시 잠깐 여행인 것도 잊으며 새로 이사 온 동네
를 둘러보는 듯한 기분은 내게 몸과 마음 모두 큰 휴식이다.

무작정 비탈길 아래로 내려갔더니, 그곳엔 항구를 품은
바다가 있었다.

남미 여행의 중반을 넘어가던 시기, 나는 여러모로 지쳐가고 있었다. 하지만 항구의 풍경을 보며 여행이란, 이렇게 충전되는 것이라고 다시 한번 느꼈다. 밤을 맞이하며 항구를 떠날 준비를 하는 것인지 이곳저곳에 조명을 켜고 항구에 정박한 배, 우연인지 운명인지 배의 것과 같은 색의 하늘이 서서히 물러나며 떠나는 배를 축복하는 듯한 석양이 지는 하늘, 그 모든 것을 고요히 품어주고 있는 바다와 소금기가 살짝 밴 쌀쌀한 바람. 좋다 나쁘다는 감정이 자리할 곳 없이, 그저 눈앞의 풍경을 잊지 않기 위해 몸부림치는 느낌이었다.

서서히 항구에서 멀어져가는 배를 보면서 이런 생각이 들었다. '저 배는 언제 돌아올까? 돌아올 때까지 기다려볼까? 돌아오기는 하겠지?' 그러자 조금 웃겼다. 집을 떠나온 사람이 어딘가로 떠나는 배를 쳐다보며 걱정하고 있는 상황이. 동시에 저 배도 나도, 돌아갈 곳이 있으니 떠날 수 있다는 생각이 들었다. 저 배도 나도, 떠나는 흥분 속에서 안전히 돌아올 날의 안도감을 기대하는 것이다. 우리는 결국 모두 돌아가야 하기에. 배는 점점 내 시야에서 보이지 않는 곳으로 사라지기 시작했고(지구 평면설은 틀렸어!) 거짓말처럼 배가 완전히 사라지면서 해도 모습을 감추어 항구에는 밤이 찾아왔다.

　　점점 추워져서 우리는 숙소로 돌아가기로 했다. 지금 나의 '집'인 곳으로, 배가 떠난 항구에서 나는 돌아갔다.

나 를 위 해 웃 을 수 있 는 시 간

웃는 얼굴이 자연스러운 사람이 부럽다.

  매우 주관적인 느낌이지만, 때로 누군가는(남녀를 떠나) 웃
는 얼굴이 너무 자연스러워서 보는 것만으로 상대를 미소짓
게 하는 경우가 있다. 아기들의 얼굴을 떠올리면 이해하기
쉽다. 사회적으로 전혀 훈련되지 않은, 그저 행복한 감정 그
대로 드러나는 아기들의 웃는 얼굴을 보면 그렇게 자연스러
울 수가 없다. 그 웃는 얼굴이 곧 행복이라는 단어를 정의한
다는 느낌마저 든다.

그런 아기가 학교에 들어가고, 사회화를 거치고, 자신의 솔직한 감정을 그대로 드러내는 것이 좋은 일만은 아니라는 걸 깨닫기 시작하면서 웃는 얼굴의 자연스러움은 서서히 사라져 간다. 웃고 싶을 때 참아야 하고, 웃고 싶지 않을 때 웃는 법을 배운다. 웃음의 기술은 늘어나지만, 진짜 웃음을 머금은 얼굴은 점점 희미해져 간다.

무대에서도 어색한 웃음은 눈에 걸리지만, 영화의 경우 클로즈업으로 얼굴을 비추는 경우가 많기에 표정이 조금만 어색해도 엄청나게 티가 난다. "여기서는 환하게 웃었으면 좋겠어."라는 말을 종종 들어야 하는 나는, 웃는 얼굴을 연습하곤 한다. 연습을 통해 웃는 얼굴이 자연스러워질수록, 반대로 진짜 자연스럽게 웃는 얼굴은 무엇이었나 하는 생각을 하곤 한다. 내가 진짜 행복하게 웃는 얼굴은 어떻게 생겼을까? 어떤 얼굴일까? 내 사진을 잘 찍지 않는 나는 여행을 가서 찍은 사진에서도 좀처럼 내 사진을 찾기 힘들다. 혼자 떠난 여행에서 돌아와 사진을 정리할 때 스스로 이건 좀 너무한가 싶을 정도로 내 사진이 없다. 하지만 사진 찍기를 즐기는 친구와 떠난 여행에서는 내 사진이 제법 많은데, 그중에 웃는 얼굴 사진을 보고 있으면 나도 모르게 슬며시 입꼬리가 올라갈 때가 있다. 내가 웃고 있는 사진을 보면서 '저 때 진짜 좋았구나….' 싶다.

자신이 행복하게 웃는 모습을 보는 건 생각보다 낯선 일이다.

내 의문은 이것이다. "왜 낯설어졌는가?" 소셜미디어를 통해 다른 사람들의 행복한 모습은 어느 때보다 자주 접하게 되었지만, 내가 행복하게 웃는 모습도 그만큼 자주 마주하고 있을까.

때로 내가 행복해하는 모습을 보며, 내가 행복한 미소를 지을 시간도 필요하다.

) 밤
21

나와 너,
모두에게 같은 잣대이기를

　다른 장소로 이동하기 전날 밤, 침대에 누워 예약한 숙소
의 위치를 확인하면서 뭔가 이상한 기시감을 느꼈다. 숫자
가 이상해 보였다. 아뿔싸. 다음 숙소 예약 날짜를 실수했다.
혼자 여행을 다니다 보면 더블 체크해 줄 사람이 없으니 평
소 일정을 짜거나 예약할 때 날짜나 장소 등을 두세 번씩 확
인하지만, 그럼에도 타고나길 바보인 나는 종종 실수했다.
숙소를 예약할 때 취소 불가 옵션을 걸어 두면 비용을 조금
이라도 더 아낄 수 있어서 가난한 여행자인 나는 주로 취소
불가 숙소를 예약하곤 하는데, 이런 경우 난감하다.

그래도 혼자 하는 여행은 이런 실수가 조금 뼈아프긴 하지만 가볍게 넘길 수 있다. 어차피 내가 한 실수요, 내가 혼자 피해를 감당하고, 내가 혼자 해결할 수 있으니 말이다. 하지만 친구와 함께 하는 여행에서 이런 실수를 했다면? 또는 단체를 이끌고 여행을 왔다면? 회사 차원의 여행이었다면? 몇만 원 단위가 몇백, 몇천이 될지도 모를 일이다. 생각만 해도 간담이 서늘하다. 그런데 내가 생각하는 최악은 금액적인 측면을 말하는 게 아니다.

'실수'를 대하는 사람들의 태도가 더욱 공포를 느끼게 한다.

바야흐로 소셜미디어의 세계다. 모든 정보는 실시간으로 공유된다. 공유에서 끝나는 것도 아니다. 소셜미디어의 더욱 강력한 힘은 사람들의 실시간 '반응'에 있다. 시간이 지날수록 자극적인 것에 크게 반응하고, 자극적이지 않다면 자극적으로 만들어내기 시작한다. 그래서 정보를 받아들이던 몇몇 '수용자'들이 소셜미디어라는 무기를 들고서 '사냥꾼'

노릇을 하기 시작했다. 그들은 사람들의 '실수'를 찾아서 두리번거리다가, 어떤 실수라도 발견되면 사실 여부와 관계없이 창을 집어 던진다. 실수를 한 사람이 유명인이라면 사냥꾼들은 그날 축제를 벌인다. 그렇게 시작된 축제는 시간이 지날수록 참여 인원이 급격하게 늘어나지만, 정작 이 축제가 어떻게 시작됐고 무엇 때문에 벌어졌는지는 아무도 관심을 가지지 않는다.

축제의 희생양은 어느새 사람들의 발에 밟혀 형체도 없이 사라진다. 영원히 불탈 것 같던 흥이 촛불처럼 쉽게 휙 꺼지고 나면 사람들은 언제 그랬냐는 듯 제 갈 길로 뿔뿔이 흩어진다.

'망했어요'라는 사자성어(?)를 떠올리며, 울면서 새로운 날짜로 다시 숙소를 예약했다. 그리고 당연히 이번에도 예약 취소 불가 옵션 체크 박스를 눌렀다. 보통 코미디 영화라면 여기서 다시 한번 날짜를 실수해야 하지만, 현실은 다행히도 그만큼 웃기지 않았다.

소위, '힐링' 강연에서 '자신의 실수에 관대하라' 식의 말을 자주 들었다. 좋은 말이라고 생각한다. 하지만 시대는 변한다.

우리는 이제 자신의 것만이 아니라 다른 사람의 실수도 관대하게 볼 수 있어야 한다.

〉 밤
22

아무것도 없지만,
모든 걸 다 가지고 있다

안나푸르나를 등산하는 며칠 동안, 문명과 동떨어진 밤
의 무료함을 채워준 것은 '대화'였다. 안나푸르나에 오르기
시작하면 유심카드를 샀다고 해도, 등산 도중 당연히 인터
넷 연결이 되지 않는다. 그래서 데이터를 쓰고 싶으면 각 숙
소에서 파는 와이파이 비밀번호를 '구매'하여 인터넷에 연
결해야 한다. 그렇게, '해커나 될걸.' 같은 말도 안 되는 생각
을 하며 돈을 주고 산 와이파이는 대한민국에서는 꿈도 꿀
수 없는 느린 속도를 자랑한다. 사진이라도 하나 보내려면
과장 없이, 노래 한 곡 정도는 거뜬히 들을 수 있는 낭만적인

시간을 만들어준다. 상황이 이렇다 보니 정상과 가까워질수록 와이파이 비밀번호 가격은 비싸지고, 속도는 더욱 여유로워진다. 멋진 표현이다. 와이파이가 여유롭다. 그러니 돈도 아낄 겸 와이파이를 포기하거나, 기어코 사더라도 스마트폰을 가지고 노는 일은 포기해야 한다. 겨우 안부 메시지 보낼 정도 수준이니.

그렇게 되면 자연스레 사람들이 눈에 들어온다.

그리고 어느새 전자기기와 밤을 보내지 못하는 것이 낯선 나머지 무료한 사람끼리 대화를 하기 시작했다. 그렇게 매일 밤 우리는 새로운 여행자와 새로운 주제, 새로운 나라에 대해 이야기 나눴다. 그러던 어느 날 밤, 나는 스코틀랜드에서 왔다는 화가와 함께 예술의 순수성과 고독(왜! 뭐!) 등에 대해 이야기하던 중 옆에 있던 다른 사람이 우리 대화에 끼어들면서 자연스럽게 양자역학에 대해(과학자였다) 토론하기 시작했고(나도 했어, 진짜야) 그 대화를 들으며 저녁을 먹던 영국인 한 명이 식사를 마치고 대화에 자연스럽게 참여

하면서 자신은 전 세계를 여행하고 있고 벌써 책도 몇 권 썼다는 이야기로 넘어갔다(헥헥).

이 모든 것이 어느 날 밤, 각자의 나라에서 안나푸르나로 날아온 네 명이 나눈 대화의 주제였다. 단언컨대 그 숙소에서 와이파이가 무료였고, 대한민국 인터넷 속도처럼 빨랐다면, 이중 최소한 한 명 이상은 자신의 전자기기를 붙들고 대화에 참여할 생각을 하지 않았을 것이다.

때로 결핍이 풍족으로 이어지기도 한다. 그렇다면 물질적으로 그 어떤 시대보다 풍족함을 자랑하는 현대사회에서 반대로 결핍된 건 무얼까? 네팔의 산속 로지의 밤에서 물질의 결핍으로 사람이, 대화가 풍요로워진 것을 보며 이 산속을 벗어나면 나는 다시 와이파이를 얻고 사람을 잃는 것은 아닐까, 생각했다.

죽 음 을 긍 정 하 며
삶 을 받 아 들 인 다

나는 죽음에 대해서 자주 생각한다. 뉴질랜드에서 어두운 밤중에 혼자 산속으로 들어가 별을 바라보던 그 순간도 죽음에 대해서 생각했다. 별이 잘 보이는 것으로 유명한 뉴질랜드에도 다양한 별 투어가 있다. 당시 여행 경비가 빠듯했기에 투어에 참여할 형편이 되지 않은 나는 숙소 직원에게 혹시나 하는 마음으로 물어보았다.

별을 보고 싶은데 어디로 가야 하냐고. 그는 익숙하다는 듯 지도를 꺼내서 보여주며 이곳이 특별히 별이 잘 보이는 곳이라고 했다.

추운 겨울밤, 벗어둔 옷을 다시 챙겨 입고 헤드라이트(이걸 왜 챙겨온 걸까)와 수통에 따뜻한 물과 찻잎을 넣은 후 밤 길을 나섰다. 숙소 직원이 위치를 잘 설명해준 데다, 원래 길 찾기에 자신이 있어서 단번에 찾아갈 수 있었다. 정확히는 산이라기보다는 언덕 같은 곳이라 오르기도 쉬웠고, 벤치도 있어서 나는 벤치에 앉아 수없이 많은 별을 가져온 차를 마시며 여유롭게 감상할 수 있었다. 당시는 여행 성수기가 아니라서 관광객이 매우 적었다. 더욱이 겨울, 그것도 밤, 이런 언덕 꼭대기까지 오는 사람은 없어서 주위에 아무도 없고 가끔 들리는 새소리 외에는 어떠한 소리도 들리지 않은 상태에서 어두운 밤하늘을 보고 있자니, 마치 사후세계에 있는 듯한 느낌을 받았다.

이유는 설명할 수 없지만, 나는 죽음을 삶과 최대한 멀찍이 두고 피해야 하는 존재라고 생각해본 적이 없다.

오히려 죽음은 무엇보다 삶과 가깝고, 바로 옆에 있는 존재라고 생각한다. 죽음을 향해 달려가고 싶지 않지만, 그렇다고 죽음으로부터 최대한 멀리 도망가고 싶다는 생각도 하지 않는다. 죽음은 그저 내 곁에서 나와 함께 살아가다가 평생 있었지만 어느 날 갑자기 발견한 몸의 점처럼 맞닥뜨리게 되는 것이다. 나는 언제 올지 모르는 죽음을 두려워하기보다, 언제든 올 수 있는 죽음을 받아들이려 한다. 그렇기에 하루하루를 최대한 즐기고 노력하려 한다. 먼 미래를 생각하며 삶을 준비하는 것과 동시에 언제 찾아올지 모르는 죽음으로 삶을 아쉬워하지 않도록, 하루를 최대한 후회 없이 살아보려고 노력한다. 그리고 이렇게 가끔 침대에 누워서 또는 뉴질랜드의 별들을 보면서 생각한다.

만일 오늘 죽는다면, 나는 삶이 이만하면 됐다고 여길까 아니면 아쉽다고 생각할까.

친 구 의 나 이

할아버지는 나를 계속해서 '친구!'라고 불렀다. 아르헨티나의 한 마을에서 혼자 남게 된 나는 저녁에 기념품 가게를 구경하러 나갔다. 대부분 비슷한 기념품 중에서 어떻게든 조금 더 특이한 것을 찾아보려고 이곳저곳을 다니다가 공산품이 아니라, 직접 만든 물품들이 많아 보이는 가게를 찾았다. 마치 동화책에 나오는 것처럼 흰 수염을 덥수룩하게 기른 할아버지 홀로 나무 책상 뒤에서 웃으며 나를 반겼다. 가게의 분위기, 할아버지의 웃음, 손으로 만든 기념품들 모든 것이 마음에 든 나는 신이 나서 구경하기 시작했다. 할아버지도 그런 나를 보며 히죽히죽 웃으며 말을 걸었다. 어디서 왔니, 어디로 가니, 남미는 마음에 드니, 직업은 뭐니(배우라고 하니 손뼉 치며 좋아했다) 등 질문을 쏟아냈다. 나도 이건 어떻게 만든 거냐, 가게는 얼마나 오래되었나(24년 되었다고 했다), 수염이 너무 멋있다(내 수염도 멋있다고 해줄 것이라 예상했지만 그런 일은 일어나지 않았다) 등 꽤 긴 대화를 이어갔다. 내가 가장 인상 깊었던 점은 할아버지가 말을 시작하기 전에 항상 내게 '아미고Amigo'라고 말하는 것이었다.

우리 말로 하자면 친구라는 뜻인데, 할아버지가 나한테 자꾸 내게 '친구!'라고 말하는 것이 낯설면서도 기분 좋았다.

우리나라에서 친구는 '동갑'을 뜻한다. 하지만 친구의 사전적 정의에서 첫 번째 뜻은 '가깝게 오래 사귄 사람'이다. 내 친구 중에 나보다 나이 어린 친구가 있는데, 다른 사람에게 친구라고 소개했다가 그 친구가 나를 '형'이라고 부르면, "에이, 친구가 아니라 동생이네!"라고 반응하는 사람이 많다. 그 할아버지도 나를 가깝게 오래 사귄 사람으로 생각해서 친구라고 부른 것은 아닐 것이다. 하지만 최소한 그가 친구라는 단어를 나에게 뱉음으로써 그와 나의 거리감을 한껏 좁힌 것은 의심의 여지가 없다. 나는 옛날부터 외국의 그런 문화가 부러웠다. '동갑'이 아닌 '친구'를 많이 만들 수 있는 그들이.

나는 친구들에게 그냥 내 이름을 부르라고 말한다. 형이나 오빠라고 호칭을 부르고 말을 이어가는 순간 우리는 알게 모르게 어떤 제약을 느낀다. 하지만 이름을 부르는 친구가 되면, 진정으로 서로를 터놓고 얘기할 수 있게 된다고 나는 믿는다.

'Friend'가 'same age'라는 뜻이 아니듯, '친구'도 '동갑'이 아닌 날이 오기를.

남의 고뿔보다
내 손톱 밑 가시가 더 아프다

　갑자기 가파른 숨에 눈이 떠졌다. 몇 시인지 모르겠다. 마침내 안나푸르나 베이스캠프에 도착했고, 따뜻한 물이 유니콘 같은 전설처럼 여겨지는 곳에서, 얼음 같은 차가운 물로 세수만 겨우 했다. 저녁으로 얼큰한 라면을 먹고 내일 하산할 수 있게 짐 정리까지 다 하고 잠들었는데, 갑자기 눈이 떠지더니 약간 어지럽고 살짝 숨이 가빴다. 말로만 듣던 고산병이었다. 공포가 내 침낭에서 스멀스멀 흘러나오는 것 같았다. 고산병이 안나푸르나에 도착한 날 밤에 찾아오다니!
　안나푸르나에 오르기 전 친구와 나는 고산병에 대해 걱정했다. 본래 안 좋은 소문은 과장되고, 과장되기 마련 아닌가. 처음에는 그렇게 진지하게 생각하지 않았지만, 인터넷에서 고산병 후기들을 검색해 읽어보니 걱정이 눈덩이처럼 불어 갔다. 천국과 지옥 중 한 곳을 보고 돌아와서 사후세계에 대한 믿음이 생긴다고 하는 많은 사람의 후기를 보면서, 공포에 떨지 않을 수 없었다. 고산병은 해발 3,000미터 이상 고지대에서 공기 중 산소의 농도가 옅어지면서 산소가 부족해 나타난다. 구토, 어지럼증, 불면증 등 증상은 다양하고 명확하게 나타난다. 나는 약간의 저혈압이 있어서 더욱 걱정하며 등산을 시작한 참이었다. 그런데 예상외로 나는 매우 말짱하게, 거의 뛰는 수준으로 등산했다. 심지어 모든 사람이 추워서 외투까지 걸치는 안나푸르나 근방에서도 반 팔을 입고 등산하는 등 고산병 근처도 가지 않았다.

반면, 친구는 고산병에 제대로 걸려서 천국과 지옥 중 (그나마 착하게 살아서 그런지) 천국을 봤다고 얘기했다. 나는 그런 친구에게 손톱만큼의 동정심도 보이지 않고 "우리는 올라가야 해!"라면서 친구의 멱살을 잡아끌고서 안나푸르나 베이스캠프에 도착했다. 그런 내가 도착한 날 새벽에 고산병 증상을 보일 줄이야.

고산병에 걸려서 천국을 구경하고 온 친구의 모습을 곁에서 봤던 나는 엄청나게 걱정되기 시작했다. 심지어 모두 잠든 이 새벽에 고산병 증상이 나타나다니. 누구의 도움도 받지 못하고 혼자서 토하고 머리가 깨질 듯 아파하면서 남은 시간을 보낼 거라고 생각하니, 진정한 공포가 느껴졌다. 최대한 깊게 숨을 들이마시고 호흡을 하면서, 최대한 침착하려고 노력했다. 그렇게 몇 분이 흘렀을까? 다행히 나는 잠들었다. 깨기 전보다 더 깊게.

다음 날 아침 나는 친구보다 더 일찍 일어나서 상쾌한 아침을 맞이했고, 친구를 깨워서 함께 안나푸르나의 일출을 보러 나갔다. 짐을 챙기고 하산하면서 친구에게, "야. 나도 고산병 잠깐 겪었다…. 와, 장난 아니더라."라는 말을 했다가 의절 당할 뻔했다. 겨우 그 정도로 고산병을 운운하지 말라고 하면서. 가이드에게도 말했더니, 너는 나만큼 체력이 좋거나 나보다 더 좋아 보인다며 새벽에 잠깐 그렇게 느낀 정도면 더 높이 올라가도 된다며 칭찬해줬다.

나중에 은퇴하면 네팔에 가서 안나푸르나 가이드를 하고 살면 어떨까, 철없는 생각을 해보았다.

〉밤
26

외로움과 공포는
단짝 친구

　똑똑, 문 두드리는 소리를 듣고 잠에서 깬 것 같다. '같다'
라고 표현한 이유는 똑똑하는 소리를 실제로 들었는지 아니
면 꿈에서 들었는지 확실하지 않기 때문이다. 나는 얼어붙
은 상태로 문을 노려보고 있었다. 만약 현실에서 소리가 난
것이라면, 아니다, 그럴 리 없다. 나를 아는 사람은 아무도 없
는 아이슬란드에서 숙소 1인실 방에 혼자 자고 있었는데 새
벽 3시가 넘어서 누군가 내 방문을 두드리지는 않았을 것이
다. 하지만 현실에서든 꿈에서든 간에, 나는 분명히 들었다.
똑똑, 문 두드리는 소리를.

잠이 덜 깬 상태로 나는 최대한 뇌를 빨리 깨워 다양한 경우의 수를 생각해보았다. 일단 꿈이었다는 것이 최상의 시나리오다. 모두가 행복할 수 있는 엔딩이다. 하지만 실제로 누군가 방문을 두드린 소리라면? 가장 먼저 생각할 수 있는 경우는 누군가 공용 화장실에 갔다가 방을 잘못 찾아서 문을 열려고 했지만 잠긴 바람에 노크를 하고 나서야 다른 방인 걸 알고 돌아갔다는 것. 이것도 최상은 아니지만, 이대로 아무 소리도 안 들린다면 충분히 그럴 법하고 수용 가능한 시나리오다. 그렇다면 최악의 시나리오는? 문을 두드리고 아무 대답이 없으면 잠에 빠졌거나 부재중이라고 판단, 어떻게든 문을 따고 들어와서 금품을 갈취하거나 신변을 위협하려는 것. 어떤 조그마한 소리라도 더 들린다면 최악의 시나리오에 무게를 두어야 할 것이다.

거기까지 빠르게 생각이 미치자 나는 심장이 쿵쾅대는 상태로 약간의 식은땀을 흘리며 문을 노려보고 있었다. 얼마나 시간이 흘렀는지 모르겠지만 이 정도면 아무런 일도 일어나지 않을 거라고 생각하기에 충분한 시간이 흐르는 동안, 다행히 그 어떤 소리도 들리지 않았다. 나는 살짝 안심하며 다시 이불을 정리하고 제대로 누우려고 할 때쯤 격렬하게 철컥철컥 문고리를 뒤흔드는 소리를 들었고, 순식간에 문이 열렸다. 나는 그대로 얼어붙었고, 문에서 무언가가 튀어나오면서 잠에서 깼다.

사위가 어슴푸레 밝아지며 해가 뜬 아침이었다. 나는 눈을 크게 뜨고 몇 번 껌뻑대다 몸을 일으켰다. 그리고는 조금 웃겼다. 원래 이 숙소에서 묵을 방으로 도미토리를 예약했다. 하루 지내보니 다섯 명 정도 같이 여행 온 일행들이 밤에 너무 시끄럽게 굴기에 돈을 좀 더 써서 1인실로 옮겼고, 그런 다음에 책을 읽다가 문득 '1인실에서 스릴러의 한 장면 같은 끔찍한 일이 많이 벌어지지 않나?'라고 생각하며 꿈에 나온 장면들을 상상했다. 그리고 상상 그대로 꿈에 나왔다. 꿈에서 꿈을 꿔가면서.

혼자 하는 여행은 외로움만 달고 다니지 않는다. 때로 누구도 나를 도와주지 않을 거라는 공포도 함께다.

색 즉 시 공
공 즉 시 색

881,746,560,000,000,000,000,000km. 8,817해 4,656경 킬로미터. 이 숫자를 보고 소스라치게 놀란다면 당신은 현 인류에서 가장 뛰어난 두뇌를 가졌는지도 모르겠다. 대부분의 반응은 담담하게 이해가 가지 않는 표정으로 '뭐야 이게?' 하는 정도일 테니까. 저 숫자는 지금까지 관측된 우주의 크기를 킬로미터 단위로 적은 것이다. 우리 뇌는 우주의 크기와 거대함을 집어넣을 수 있을 만큼 진화하지 않았다. 지금까지 관찰한 우주라는 존재가 얼마나 거대한지 우리는 절대 알 수 없다. 그저 아는 것 같다는 착각을 하는 정도면 다

행이다.

안나푸르나 베이스캠프에 도착한 날 밤, 나와 친구는 베이스캠프의 빛 공해를 피해서 별을 보려고 밤 산책에 나섰다. 헤드라이트가 있었지만 너무 추운 밤이었고 가이드 없이 멀리 나가는 행동은 위험해서 원하는 만큼 나가지는 못했다. 그래도 인공 빛들과는 멀어져서 밤하늘을 보기에는 충분했다.

사람이 만든 빛이 존재하지 않는 밤이, 오직 별빛으로만 밝게 빛나고 있었다.

마치 검은 천에 누군가 별 사탕 과자를 한 상자 쏟은 듯 별들이 흘러넘치고 있었다. 나는 여행을 하며 몇 번 본 광경이지만, 처음 해외를 나와서 이런 풍경을 본 친구는 벌어진 입을 다물지 못했다. 그러던 중 우리 시야 왼쪽 하단에서 별이 움직이기 시작했다. 나는 눈이 침침해서(?) 잘못 본 것인가 하는 생각에 친구에게 저기를 보라며 손가락으로 가리켰고, 친구는 단박에 움직이는 별을 보고는 "뭐야!"라면서 소리를 질렀다. 별(또는 별처럼 빛나던 그것)은 마치 날아다니는 벌레처럼 회전하며 계속 움직였고, 위아래 양옆으로 왔다 갔다 했다. 친구와 나는 넋을 놓고 보면서 저게 뭐냐고 소리쳤다. 'UFO다!' '외계생명체다' '우리가 많이 피곤한 건 아닐까?' 등 여러 가지 가설(헛소리)을 쏟아냈다. 끝내 그리고 당연히, 정체를 파헤치지 못하고 추위에 내몰려 숙소로 돌아갔다.

숙소에 누워 잠들기 전 나는 그 광경이 잔상처럼 계속 눈에 맴돌았다. 별을 좋아해서 자주 관찰했지만 그렇게 움직이는 별은 처음 봤다. 자연스레 '정말 UFO일까? 외계인일까?'라는 생각이 꼬리를 물고 이어졌다. 여러 가지 가설이 있을 수 있지만, 나는 외계생명체가 있다고 믿는다. 그렇기에 내가 가지는 의문은 "외계생명체는 정말 있을까?"가 아니다. "우리는 외계생명체를 마주할 준비가 되어 있을까?"이다. 천문학을 공부하면 지구라는 행성이 먼지라는 단어가 크게 보일 만큼 작다는 것을 알 수 있다.

그 작은 행성 안에서 다양한 생명체가 어우러져 살고 있지만 인간이란 종족은 어떤가? 같은 종족끼리 차별과 멸시, 전쟁, 살육, 학살…. 인간의 문명은 피바다 위에 지어 올린 성벽과 같다. 인간은 협력과 공생보다는 정복과 약탈에 더욱 높은 능력을 보여왔다. 지구에서도 심지어 같은 종족과도 항구적인 평화를 이루지 못한 채 사는 우리 앞에 외계생명체가 등장하면 어떻게 될까? 과연 우리는 다른 세상으로부터 온 생명체를 받아들일 수 있을 만큼 성숙한 것일까?

히말라야 언저리에서 다른 존재에 대해 그리고 인류에 대해 생각하며 잠든 밤이었다.

〉 밤
28

무제

너를 생각해
나를 생각해

돌이킬 수 없는 그곳에서부터
이제 곧 사라질 지금에 이르기까지

나는 얼마나 너에게서 멀어진 것일까
너는 나에게서 언제나 희미해질까

밤하늘의 별은 이미 오래전에 죽었지만

빛은 사라지지 않고 나에게 닿는 것처럼

희미해질지언정 사라지지 않는

너를 생각해

너를 생각하는

나를 생각해

밤 night

아 미 고 , 남 미

"너희를 만나러 이곳에 온 것 같다는 생각을, 일이 초쯤 했어."

이 문자를 받은 남미에서의 마지막 밤에도, 친구와 나는 고기를 구워 먹던 중이었다. 아르헨티나는 고기가 정말 저렴하다. 내게는 그런 천국이 또 없었다. 소고기 스테이크 부위가 2킬로그램에 2만 원이라니. 아니, 이게 중요한 게 아니다.

총 한 달의 기간, 일곱 개의 국가, 열 번이 넘는 비행기 탑승 등 남미 여행은 남미 대륙만큼 규모가 큰 여행이었다.

그 기간의 절반 이상을 친구와 나는 여행이 우연으로 맺어준 다른 친구와 함께했다. 우연히 페루에서 만난 그 친구는 첫 만남 이후 인연이 끊기는 듯했으나 우리가 다른 지역을 여행하고 돌아온 날 우연히 또 같은 숙소에 머물게 되었고, 기가 막히게도 같은 비행기로 볼리비아로 넘어가게 되었다. 그렇게 엉겁결에 시작된 동행이 남미 여행 끝까지 함께하게 된 것이다. 뭐가 그리도 잘 맞았는지 우리는 기존에 계획했던 일정까지 취소하며 그 친구와 함께 남미를 누비며 다녔다. 우리 셋은 마지막 여행지인 아르헨티나 이구아수까지 동행하며 여러 일정을 함께했지만, 한국으로 돌아가는 비행기만큼은 일정을 맞출 수가 없어 이구아수에서 작별인사를 해야 했다. 그렇게 오랜만에 둘만 남게 된 친구와 나는 저녁을 먹으면서 이런저런 얘기를 하고 있었다. 그러다 한국으로 돌아가기 전 부에노스아이레스에서 하룻밤 자게 된 그 친구에게서 카톡이 오기 시작했다.

"숙소에도 안 들어가고 부에노스 가운데 강에 와서 산책하다가 내가 남미 여행을 왜 온 거지 하는 생각이 들었는데 퍼뜩 답이 안 떠오르는 거여(제장)! 벤치에 앉아서 멍 때리고 있는데 진짜 불현듯 너희를 만나러 이곳에 온 것 같다는 생각을, 일이 초쯤 했어."

나는 대체로 혼자 여행을 다녔고, 큰맘 먹고 친구와 함께 여행을 떠나더라도 동행을 만들려고 하지는 않았다. 왜냐면, 나는 낯을 엄청나게 가리기 때문이다… 새로운 사람을 만나서 인간관계를 형성하는 데 상당히 많은 에너지를 써야 한다. 구태여 여행을 와서까지 다른 사람들의 눈치를 보거나 새 인간관계를 만들기 위해 에너지를 쓰고 싶지 않았다. 하지만 남미에서 만난 그 친구와는 불필요한 에너지 낭비를 하지 않아도 편안했다. 마치 처음부터 같이 여행을 시작한 듯, '척하면 척' 하는 같은 느낌을 받았다. 남미의 신기한 풍경들만큼이나 스스로 생각하기에도 놀라운 경험이었다.

여행지에서 많은 것들을 담아서 돌아오게 된다. 갖가지

기념품, 사진, 다양한 생각, 경험 등 이곳저곳 여행을 다니면서 나 또한 다양한 것들을 담아서 돌아왔다. 그러나 어떤 여행에서도 '사람'을 얻어서 돌아온 적은 없었다. 지금도 우리 셋은 자주 연락하고, 만나고, 옛 사진들을 주고받으며 그 시간을 추억한다.

나에게 남미는 '아미고'다.

부 치 지 않 는 편 지

여러분은 여행의 마지막 밤에 어떤 생각을 하나요?

저는 평소에는 잘 감지하지 못하는 복잡한 감정들이 마구
느껴지곤 합니다. 가장 먼저 드는 생각은 약간의 후회일 거
예요. 뻔한 생각이죠. '아, 조금 더 열심히 돌아다닐걸.' 여행
하면서 나는 분명 열심히 돌아다녔고, 충분히 만족하며 여
행했을 텐데 괜히 돌아보면 후회가 남는 거죠. 그러다가 금
방 마음을 고쳐먹습니다. 이런 생각으로 돌아가면 괜히 아
쉬움만 남을 테니까요. 나는 좋은 여행을 했고 최선을 다했

다며 다독입니다. 그러면서 좋았던 순간들을 떠올리죠. 그렇게 뒤를 돌아보다가 갑자기 앞을 생각하기 시작합니다.

잠깐 미뤄뒀던 내 일, 걱정, 불화실함, 당장 돌아가면 처리해야 할 과제 등 그러면 마지막 밤을 보내고 있는 숙소의 침대가 바닥으로 꺼지면서 내가 사라졌으면 하는 생각이 들기도 합니다. 그러다가 문득 '다음은 어디로 갈까?'라는 생각에 이르면서, 세계 곳곳 평소 가보고 싶었던 장소들을 떠올리고 싱글벙글합니다. 그럴 땐 마치 머릿속에서 폭죽이 터지는 기분이랄까요?

작게는 내가 하는 게임의 엔딩부터 내가 맡은 프로젝트가 끝나거나 적금이 만료되는 순간, 자신이 그동안 열정을 바쳤던 일이 무위로 돌아가는 순간, 사랑이 끝나는 순간 또는 소중한 사람이 세상을 뜨는 순간까지 우리는 언제나 무엇인가 마무리되는, 끝이 나는 순간을 맞이합니다. 많은 사람이 그런 순간에 말로 설명하지 못할 감정이 자신을 휘감는 경험을 해봤을 겁니다. 정리되지 않는, 정리하려 할수록 더욱 복잡해지는 생각과 감정들에 치이는 느낌 같은 것 말이죠. 그럴 때 어떻게 하면 그런 감정들을 잘 받아들일 수 있을지, 저는 잘 모르겠습니다. 저도 아직 그런 순간들을 특별한 해결책을 가지고 맞이하는 것은 아니거든요. 다만 우리가 그런 상황에 놓였을 때 저는 이런 말을 들을 수 있고, 해줄 수 있기를 바랄 뿐입니다. "잘해왔어. 정말이야. 조금 쉬어도 되니까 잠깐 아무것도 하지 마. 그리고 일어나고 싶을 때 다시 일어나. 그러면 그동안 해왔던 것처럼 또 잘해나갈 수 있을 거야."

여행이 끝나는 그곳에서, 그 시공간에서, 저는 다음 여행을 생각합니다. 그러면 그 순간은 무언가 끝이 나면서도, 다른 것이 시작되는 곳이 되니까요. 그렇게 살아가는 게 아닌가 생각해봅니다. 무엇인가 끝이 난 그곳에 주저앉아서 평생 머무를 수는 없는, 언젠가는 바짓단을 툭툭 털고 일어나서 저벅저벅 걸어가야 하는.

무언가 끝을 맺었나요? 복잡한 감정이 드나요? 앉아요. 앉아서 숨을 고르고 머리가 터질 때까지 생각도 해보세요. 그동안 조금 소원했던 사람들한테 얼굴에 철판 깔고 연락해서 힘들다고 투정도 부리고요. 할 수 있는 건 다 해봐요. 그러다 보면, 충분히 시간이 흐르고 나면, 일어날 힘이 생길 겁니다. 그때 저는 다시 묻겠습니다.

다음 여행지는 어디로 정했어요?

○ 낮

프롤로그

이름 모를 동네(정확히는 글자를 보고도 읽지 못하고, 발음할
수 없는 동네), 점심시간이 조금 지난 낮, 카페 'TE&KAFFI'
에 앉아서 창밖을 바라보고 있다. 오래도록 그저 창밖만 바
라보고 있다. 그래 봐야 1분이나 지났을까(집중력이 좋은 편이
아니다). 종이에 무언가를 끄적이고 있었는데 잠시 흘끔거린
창밖의 풍경이 내 시선을 붙잡고 놓아주지 않았다. 벌써 이
곳에서 일주일을 보냈는데, 풍경에 넋 놓고 갑자기 이곳에
떨어진 듯 감탄하는 내 모습을 보니 이상하게 기분이 상했
다. 얼른 익숙해져서 이곳 사람들처럼 '저런 건 매일 보는 건

데, 뭐!'라고 말하고 싶은데. 그러면 원래 내 자리로 돌아가서도 이 풍경을 더욱 자세히 기억할 수 있을 것만 같았다. 혼자서 차를 운전하며 이동하다가 카페가 보여 무작정 들어가 자리를 잡고 앉아 커피를 한 잔 주문했다. 그런데 유리 통창을 통해 넓은 호수와 그 옆으로 설산이 펼쳐져 있을 줄이야. 마치 풍경을 구경할 자리를 샀더니, 공짜로 커피를 내주는 것 같은 기분이었다.

운전하다가 카페가 눈에 띄어 충동적으로 차를 멈추고 주차한 후 카페에 들어가 커피를 사서 자리에 앉는다.

놀랍도록 평범한 일상적인 행위. 그런데 이 일상적인 행위를 제외한 모든 환경이 낯선 바로 그때, 나는 '여행'을 느낀다. 카페 문을 열고 들어가다가 나가는 사람을 위해 몸을 비켜주니 들리는 이국의 말, "takk타크". 낯선 곳에서 주문 전이면 언제나 살짝 느끼는 긴장감을 표 내지 않고, 현지어가 아닌 영어로 주문하는 것에 대한 약간의 미안함을 어떻게든 표현하며 받아든 커피 한 잔. 알아들을 수 없는 언어를 쉼 없이 이야기하는 아이슬란드인들을 지나쳐 자리에 앉아 이방인 사이에 둘러싸인 나. 유명한 랜드마크 앞에서도, 많은 사람이 꼭 찾는다는 핫 스폿에서도 느낄 수 없는 '여행'을 나는 이곳에서 느낀다. 낯선 여행지에서 일상인 양 행동하는 내 위선을 짓밟는 이 카페의 모든 것이 내게 말한다. '동네 사람인 척하는 위선 따위 집어치워, 여행자.'

늘 그랬다. 나는 유명한 장소나 건축물을 마주했을 때 감동했던 기억이 많지 않았다. 그렇다고 여행지 방문 목록에서 과감하게 날려버릴 정도로 용기 있는 것도 아니었다. 많은 이가 당연하듯 찾는 곳을 실제로 마주했을 때 나는 대부분 생각보다 덤덤했다. '사진에서 보던 그대로군!' '사진보다 더 크네?' 심지어, '사진이 더 예쁜데?'라고 느낀 적도 많았다. 그것은 내게 여행이라기보다는 게임에서 꼭 이뤄야 하는 '퀘스트' 같은 느낌이었다. 하고 나면 뿌듯하고 성취감도 있지만, 정말 내가 하고 싶어서 한 것인가 또는 해야 하니까 한 것인가와 같은 불필요한 질문을 남기곤 했다.

내가 정말 여행을 느끼고 벅차오르는 순간은 따로 있었다. 언제나 더 작고, 더 외지고, 더 무명한 곳에서였다.

낯선 곳에서 나만의 공간이 만들어지는 순간, 다시 돌아올 것인지 알 수 없어도 만일 다시 돌아온다면 나는 할 수 있는데, 다른 이는 안내할 수 없는 곳. 마치 이곳에서 몇 년 산 것처럼 '이 동네에 내가 풍경 좋은 카페를 알아.'라고 말할 수 있는 곳이 생기는 순간, 나는 여행을 하고 있는 것이다.

살짝 졸았다. 혼자 차를 운전하며 아이슬란드를 돌아다니는 것은 행복과는 별개로 육체적으로 피곤한 일이다(커피를 마시면서 졸 수 있다니, 역시 고추를 고추장에 찍어 민족 출신). 자리에서 일어나기 전 스마트폰을 들어서 사진을 찍었다. 내 것과 그들의 것이 잘 나오도록. 남들은 다 테이블에 놔두는 컵이나 쓰레기들을 굳이 프런트 데스크에 갖다 주면서, 다시 한번 "takk"라는 말을 듣고 카페를 빠져나왔다. 차에 시동을 걸고 내비게이션을 켜서 지나온 회색 길과 앞으로 뻗어 있는 파란 길을 확인 후 천천히 주차장을 빠져나갔다.

"슬픔은 손 끝에 닿지만
고통은 천천히 꽃처럼 피어난다
저문 산 아래
쓸쓸히 서 있는 사람아
뒤로 오는 여인이 더 다정하듯이
그리운 것들은 다 산 뒤에 있다
사람들은 왜 모를까 봄이 되면
손에 닿지 않는 것들이 꽃이 된다는 것을"

— 김용택의 시 《사람들은 왜 모를까》 중에서

Part 2

낮

day

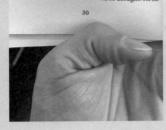

own, unrolling off the first of the two reserve coils. As it
went down, slipping lightly through the old man's
ngers, he still could feel the great weight, though the
ressure of his thumb and finger were almost imper-
ceptible.

'What a fish,' he said. 'He has it sideways in his
mouth now and he is moving off with it.'

Then he will turn and swallow it, he thought. He did

30

○ 낮
01

사 막 이 적 막 하 다 는 건
내 편 견 이 었 다

　사는 동안 사막에 발을 들여 볼 일이 얼마나 있을까? 소셜
미디어나 방송을 보면 많은 사람이 가는 듯싶지만, 막상 주
위에서 사막에 가봤다는 사람을 찾기란 그리 쉽지 않다. 나
도 그랬으니까. 내가 가지는 사막에 대한 이미지는 막연했
고, 미디어를 통해 가공된 것이었다. 흔히 생각할 수 있는 적
막감, 생명이 없는 곳, 척박함, 스스로 침묵을 못 이겨 입을
다무는 곳. 그래서 오히려 사막을 들어가기 전에 이런 것을
더욱 기대했는지도 모른다.

때로 사람은 작정하고 추락하는 기분을 느끼고 싶을 때
가 있으니까.

사막에 들어서고 당혹감을 느낀 건 어느 정도 시간이 지
난 뒤였다. 사막에서 맛볼 수 있을 거라 여긴 결핍, 소외, 죽
음 같은 느낌은 시간이 흐르고 태양이 사막의 지평선으로
추락하며 다 타서 없어질 때까지도 느낄 수 없었다. 어째서
사막이 이렇게 풍족해 보이는 걸까. 도시에서는 가질 수 없
는, 잘린 그림으로만 보아왔던 거대한 하늘, 세 살 갓난아기
가 행복한 웃음을 지으며 큰 밀가루 한 통을 엎어버린 듯한
구름, 뺨을 가볍게 긁어주는 모래를 품은 시원한 바람, 어디
서도 느껴보지 못한 질감의 모래.

사막은 도시에 사는 내가 가져본 적 없는 많은 것들을 가
지고 있었다. '아무것도 없다'라는 기준이 언제나 '인간에게
필요한 것'일 필요는 없다.
사막은 내 상상보다 훨씬 풍족했다.

○ 낮
02

여 행 의 프 롤 로 그

하늘이 다르다.

글로 쓰니 이상하고, 직접 말로 해도 이상한 표현이다. 그
러나 여행을 갈 때마다 그 나라의 공항을 빠져나오면서 가
장 먼저 이질감을 느끼는 것은 냄새와 하늘이다. 나는 어릴
때부터 하늘 사진을 엄청나게 찍어댔다. 미놀타 x-700 필름
카메라를 들고 36롤을 전부 하늘 사진으로 채운 적도 있다.
친구들 사이에서도 유명했고, '싸이월드'에는 내가 찍은 하
늘 사진들이 넘쳐났다. 지금 그때를 떠올려보면 하늘을 좋

아했던 이유를 마구잡이로 갖다 붙일 수 있겠지만, 아무래도 난 그저 막연히 하늘이 좋았던 것 같다. 시시각각 변하는 구름, 해와 달, 별들의 조화도 좋았지만 추측하건대, 그 드넓음이 좋았던 것 아니었을까.

나는 와이파이라는 단어를 아는 사람이 흔치 않던 시절을 지나왔다. 2008년 생애 첫 배낭여행을 가게 됐다. 아무런 계획 없이, 떠나자는 결심이 선 지 고작 2주 만에 비행기 표를 끊어 떠났던 유럽이었다. 영국에 도착해서 공항을 벗어나자 확 느껴진 타국의 냄새. 그 강렬함이 아직도 생생하다면 조금쯤 거짓이 붙은 것이겠지만, '이렇게나 냄새부터 다르구나.'라는 강렬한 느낌은 분명히 남아있다. 숙소 가는 내내, 영국을 여행하는 일주일간 느꼈던 이상한 이질감이 무엇인지 깨달은 것은 런던 브리지에서였다. '와, 하늘이 다르네?'

이 느낌을 정확히 기억하는 이유는, 하늘이 다르다고 생각한 후 런던 브리지에서 찍은 하늘 사진이 수십 장에 이르렀기 때문이다. 다양한 이유가 있겠지만(건물들의 형태, 습도 차이, 여행최면 등) 확실한 건 그 이후 나는 여행을 갈 때마다 하늘을 열심히 관찰한다는 사실이다.

다를 리 없지만 확실히 다른 하늘을 매번 다른 나라에서 쳐다보는 것이 내 여행의 프롤로그다.

인종, 오해⋯?

다음은 실제로 네팔 히말라야 안나푸르나 베이스캠프 트
레킹 당시 현지인과의 대화를 옮긴 것이다.

　　현지인: 나마스떼
　　나: 나마스떼

　등산을 시작한 지 며칠이 지난 상황이어서 가벼운 인사말
정도는 자연스럽게 나오는 게 당연했다.

현지인: 럇버;아ㅜ저먀녜놔ㅣ궈ㅗ퍄ㅐㅔ ㅕ ㄹ지ㅓ

나: …? 아…, what?

현지인: (더 크게) 쳐ㅜㅐ ㅈ ㄷ 라ㅣ 버ㅜ퍄

나: (어안이 벙벙하며) Sorry, I can't understand.

이런 대화(?)를 나누고 있는데, 갑자기 옆에 있던 가이드가 혼자 낄낄대더니 내게 말을 걸던 현지인과 이런저런 이야기를 했다. 곧 그 현지인도 깔깔대면서 내게 무슨 말을 하고는, 웃으며 "Goodbye!"라고 외치고 산을 내려가기 시작했다.

이게 무슨 일인가. 이게 말로만 듣던 인종차별인가. 이 힘든 산행 중에 나는 놀림거리가 되어서 네팔인들의 스트레스 해소용으로 쓰인 것인가? 이런 생각을 하고 있는데 가이드가 내 어깨를 툭 치면서 영어로 말했다.

가이드: 쟤가 너 네팔인인 줄 알았대. 네팔인 치고 피부
가 하얘서 어디서 왔냐고 물어본 거래.

나: ….

인종차별이 아니라 인종 '오해'를 받았구나. 이런 사람이 세상에 얼마나 될까? 나는 이때까지 여행한 모든 나라에서 적어도 한 번씩은 겪어봤다. 인종 오해. 아, 물론 서구권은 빼고. 거기 사람들은 키가 다 컸거든. 피부도 엄청 하얗고. 젠장. 뉴질랜드에서도 박물관에 갔는데 신분증을 요구해서 여권을 보여줬더니 직원이 갸우뚱하면서 확인하고는 혼자 빵 터져서 이렇게 말하는 게 아닌가. "아, 미안. 나는 네가 여기 사는 사람인 줄 알았어." 마오리족인 줄 알았나 보다.

○ 낮
04

혼자가 좋지만
혼자는 외로워

　여러 차례 밝혔지만, 나는 대부분의 여행을 혼자 다녔다. 사실 여행도 여행이지만 난 대부분 뭐든 혼자 하는 것을 좋아한다. 혼자서 하는 걸 좋아하는 가장 큰 이유는 감정적 소모를 하지 않아도 되기 때문이다. 나는 사람을 대하는 데 있어서 의식, 무의식 모든 방면에서 꽤 많은 에너지를 소모하는 편이다. 상대방이 원하는 반응을 찾으려 하고, 무례하지 않으려 하고, 이야기를 잘 들어주려 하고, 대화의 흐름에 맞는 주제를 생각하려 하고…. 많은 사람이 그렇겠지만 나는 이런 부분에 있어서 '근육'이 많은 것 같지 않다. 그러다 보니 누군가와 뭘 같이 하려고 하면 일단 날짜와 시간을 맞춰야 하고, 공통분모를 찾아야 하고, 무엇보다 열정을 맞춰야한다. 이게 가장 힘든 부분이다. 내가 과하든 상대방이 과하든 간에, 누군가가 조금만 과해도 다툼의 씨앗이 되기 쉽다. 어렸을 때는 어떻게든 맞춰보려 하면서 대화를 통해 교집합을 넓히려는 노력을 많이 했다. 그래서 말도 많았고, 사람들과 다툼도 잦았지만, 그만큼 사람들을 많이 만나기도 했다. 하지만 시간이 지날수록 이런 패턴에 지치고 무엇보다 내 에너지를 그런 곳에 쏟는 것이 아깝다는 생각이 들기 시작했다.

그렇게 무엇이든 혼자 하는 습관이 만들어졌고,

그렇게 여행도 혼자 다니게 되었다.

여행지에서 혼자 차를 빌려서 낮에 운전하면서 다니면 멋진 풍경을 볼 때가 많다. 갓길에 차를 안전하게 세우고 가져온 조그마한 버너로 물을 끓여 커피를 타 마시며 풍경에 넋을 놓아 본다. 혼자 여행하면서 느낄 수 있는 가장 큰 여유와 즐거움이다. 서둘러 가자고 하거나 더 있자고 하는 사람과 시간을 맞출 필요가 없다. 커피를 좋아하지 않는 사람에게 굳이 권할 필요도 없다. 그야말로 여유 있게 즐길 수 있는 '홀로 여행'이다.

아쉬운 점이 딱 하나 있다. 무엇이든 즐기는 시간이 매우 짧다. 아무리 멋진 풍경을 마주해도, 박물관이나 갤러리에서 멋진 작품을 발견해도, 짧으면 2, 3분 길어야 4, 5분이 전부다. 혼자 고독을 씹으며, 사념에 빠져서 오랫동안 감상하고, 깊은 생각을 할 것 같지만 실상은 혼자서 마냥 감상하고 있기가 쉽지 않다. 어쩌면 내가 혼자 하는 여행의 내공이 부족해서일 수도 있지만. 그럴 때마다 누군가와 함께 이야기하고, 서로 생각을 나누면 더욱 오래 그리고 깊이 볼 수 있지 않을까 하는 마음이 든다. 느낌과 생각을 공유함으로써 울림이 있는 더 많은 것을 볼 수 있지 않을까 한다. 영화 〈Into the Wild〉의 대사로 마무리한다.

"Happiness Only Real When Shared."

○ 낮
05

사념思念을 내려놓을 곳
한 군데쯤은

나는 강박이 있다. 말이 좋아 배우지 사실 프리랜서로 오래 살아온 나는, 여유가 길어지면 불안해지기 시작하고 견디지 못한다. 이것이 점점 강해져서 이제는 하루 동안 뭔가 생산적인 일을 하지 않았다는 느낌이 들면 죄책감이 든다. 심지어 살짝 우울해지기도 한다. 그래서 운동을 하든, 책을 읽든, 강의를 듣든, 뭐라도 한다. 이러한 감정에서 벗어나고자 나는 일 년에 한 번씩 꼭 여행을 떠났다. 여행 중에는 그런 강박이 덜 했으니까(없어지진 않는다). 여행이 곧 내게는 무언가를 멈추지 않는 행위였다. 네팔의 포카라에서 나는 정말 오랜만에 '여유'라는 것이 내 옆에 앉아있는 걸 느낄 수 있었다.

큰 호수가 둘러싸고 있는 이 도시는, 마치 도시 전체가 히피들의 아지트 같았다. 히말라야를 올라가는 시작점인 포카라는 등산 시작 전 사람들의 흥분과 기대, 등산 후 충만해진 자존감과 넘치는 여유를 뿜어냈다. 그런 우리가 평범한 일상을 보내는 현지인들에게는 좋은 구경거리였나 보다. 포카라에서는 다급함이나 초조함이 활개칠 곳은 보이지 않았다. 7박 8일의 등산이 끝난 후 포카라의 카페에서 멍하니 길거리를 보고 있다가 문득 깨달았다. '어? 내가 멍하니 있네?' 한국에서 느끼는 언제나 쫓기는 심정, 그저 쉬는 것만으로도 뒤처지는 것 같은 조급함, 생존해야 한다는 강박 등을 나는 그 카페에 있는 그 누구에게서도 찾을 수 없었다.

그래서 나도 놓을 수 있었다. 툭, 하고 놓아졌다. 그리고 멍해졌다.

카페에 앉은 채로 평소에 거의 피지 않는 담배를 손으로 직접 하나 말았다. 그리고 천천히 즐겼다. 카페주인이 나를 흘깃 보더니 카운터에서 담배를 꺼내 말아 피기 시작했다. 이 연극 같은 장면이 아직도 기억에 생생하다. 나는 호수에서 불어오는 바람을 맞으며 커피 한 모금을 홀짝였다.

어른이 된 후 가장 길고 여유로웠던 낮이었다.

여 행 에 서
무 의 미 한   시 간 은   없 다

　　내가 여행에서 가장 좋아하는 순간 중 하나는 이동시간
이다. 이 시간을 아까워하거나 힘들어하는 사람도 많은데,
나는 이상하리만큼 이동 중의 시간을 즐기는 편이다. 가장
큰 이유는 아마 내가 멀미를 하지 않기 때문일 듯하다. 멀미
한 때가 손에 꼽을 만큼 적어서 생생하게 기억할 정도다. 나
는 달리는 버스, 기차, 비행기, 배 등 인간이 탑승 가능한 모
든 이동수단(우주선 빼고)에 몸을 싣고서 장시간 책을 읽거
나 문자를 주고받을 수 있다. 여행자의 엄청난 장점이 아닐
수 없다.

그리고 나만이 느끼는 이동 중 설렘이 있다. 떠나는 곳에서 무엇을 했는지 천천히 정리하는 시간을 가질 수 있고, 곧 (때로 12시간 후) 도착할 곳에 대한 계획을 확인하며 두근거림을 만끽할 수도 있다. 무엇보다 나는 돈은 없지만, 시간은 많기에 대부분 여행 일정을 바트게 잡는 편이다. 조금이라도 더 돌아다니고 싶기 때문이다. 여유와 낭만을 찾으러 온 여행이 오히려 시간에 쫓기거나 체력적으로 지칠 때가 많다. 그럴 때 나는 이동시간에 책을 읽고, 음악을 들으며 여유를 찾는다. 이때가 마음을 조금 풀어놓는 시간이다. 버스에서, 기차에서 또는 비행기에서 읽는 책과 듣는 음악은 평소와는 다른 감성을 선물한다. 게임 중 가끔 발생하는 '미니게임' 이벤트 같은 느낌을 주기도 한다.

그리고 정말 운이 좋으면, 새로운 친구를 만들기에 그만큼 좋은 시간도 없다.

같은 목적지로 향하는데 최소 한 시간에서 몇 시간 한 공간에 있으면 대화의 물꼬를 트기 쉽고, 주제도 얼추 맞는 경우가 대부분이다. 기차에서 만나 이야기를 나누다가 초대를 받고 그의 집에서 밥을 먹었던 적도 있다. 이동시간은 여행 중 일시 정지와도 같다.

무엇보다 그 시간은 여행의 연결점이 되기도 한다.

기 꺼 이 인 정 하 는
기 쁜 패 배 감

　어렸던 때를 떠올리면, 나는 참 건방졌다. 다시 곰곰히 생각해보면, 더 건방졌다. 이유야 다양했겠지만, 그냥 건방졌다. 그때 나는 성장하기 위해 발버둥 치는 어린아이였다. 당시 내가 생각한 성장은 '나'라는 존재가 무럭무럭 크는 것이었다. 그래서 주변을 돌아볼 여유가 없었다. 그러고 싶지도 않았다. 주변 사람들을 신경 쓰지 않고 오로지 앞만 보며 살았다. 영화 〈알렉산더〉에 이런 대사가 나온다. "앞만 보는 사람은 옆에 있는 사람을 힘들게 하지." 하지만 어쭙잖게 나이를 먹어가고 어설픈 경험을 숱하게 하면서, 내가 느끼는 '성장'이라는 단어의 개념이 조금씩 바뀌어 갔다. 그리고 그 변화에서 '자연'은 내게 가장 큰 영향을 줬다.

아이슬란드에 있을 때 문명이라는 색채가 조금도 묻어있지 않은, 말도 안 되는 자연경관을 보면서 나는 처음으로 내가 '지구'라는 행성에 사는 생명체라는 느낌을 받을 수 있었다. 지구의 민낯을 본 기분이랄까? 그 황홀한 느낌은 이루 말할 수 없었다. 히말라야를 올라가면서 말 그대로 자연 안에서 삶을 이루고 있는 네팔 사람들을 보고 넘치는 부러움과 나는 이렇게 살지는 못할 것 같다는 양가적 감정을 느끼기도 했다. 다른 많은 여행지에서도 똑같은 감정을 느꼈다. 나는 정말 작구나.

이 느낌이 나를 좌절하게 하는 것이 아니라 기분 좋게 만드는 이유가 있다. 나라는 존재가 내가 상상하는 만큼 성장할 수 없겠구나 하는 깨달음을 주었기 때문이다. 어린 나이의 치기를 잠재워줬다고 할까? 동시에 옆에는 언제나 사람들이 있다는 사실도 알게 했다. 산 정상에서 내려다보면 저

밑에 있는 사람들은 내가 산에 어떻게 올랐는지, 얼마나 빨리 올랐는지, 정상의 풍경은 어떤지 조금도 관심 없지만 내 옆에 있는 사람들은 안다. 같이 공감하고 같이 이야기를 나누고 같이 밥을 먹으며 같이 산을 내려간다.

거대한 자연 앞에서 나는 한없이 작지만, 내 옆에는 똑같이 작은 존재가 있다.

물론 실제적인 키는 나보다 클 수 있지만. 같이 이야기 나누고 밥을 먹고 음악을 들으며, 같이 산을 오를 수 있다. 이 사실이 내게 얼마나 위안을 주는지 모른다. 내가 생각하는 '성장'이란 나만 무럭무럭 자라는 게 아니다. 이 세상이 얼마나 큰지를 깨닫는 것, 그게 성장이다. 내가 얼마나 클 수 있을지를 고민하는 것이 아니라 이 세상이 얼마나 큰지, 이 커다란 세상에서 나는 무엇을 할 수 있는지 생각해보는 것. 그것이 성장 아닐까?

자연 앞에 서 있을 때, 나라는 존재가 지구에서 먼지 한 톨만 하다는 느낌을 받을 때 느껴지는 해방감은 그런 것이다. 나라는 존재에게 스스로 부담감을 주지 않아도 되는 느낌, 이 세상은 나한테 조금도 관심 없다는 깨달음, 그저 내가 좋아하는 일을 하고 주변 사람들을 있는 힘껏 사랑하는 것이 전부라는 사실을 인정하게 되는 기쁜 패배감.

그래서 난 자연을 여행한다.

산티아고 역사상 최대 시위,
그 현장에서

뜨거운 햇살 아래 광장. 여유롭게 점심을 먹고 돌아가던 우리는 눈 앞에 펼쳐진 광경을 믿을 수 없었다. 평소보다 일찍 시작된 시위는 이미 절정으로 치달아 시위가 아닌 전쟁과도 같은 상황을 만들어내고 있었다. 새가 벤치에 앉아 나른한 오전의 햇살을 즐기던 도시의 광장을 지나온 지 얼마 되지 않는데, 어느덧 그곳은 양쪽으로 갈라진 사람들의 분노로 가득 찬 전쟁터로 변해있었다.

손수건을 얼굴에 둘러매고 눈만 드러낸 그들에게서 수많

은 감정이 읽혔다. 공포, 분노, 정의, 결연함. 우리가 광장에 발을 들여 그들과 뒤섞였을 때 이미 최루탄은 광장에 떠도는 유령처럼 곳곳을 헤집고 다니며 사람들의 눈물과 콧물을 훔치고 있었다. 그들은 어쩌다 무리와 휘말린 낯선 얼굴의 이방인을 최선을 다해 도왔다. 최루탄으로 눈물과 콧물을 쏙 뺀 우리를 보며 중화제를 직접 눈과 코에 뿌려주면서 "괜찮니? 얼른 도망쳐."라고 말했다.

하지만 전쟁터는 우리가 쉽게 떠나는 것을 허락하지 않았다. 오히려 우리를 더욱 깊숙이 끌어당기는 듯했다.

결국, 터져버린 코피가 붕괴한 댐처럼 쏟아지기 시작했다. 그런 나를 보고 나보다 놀란 친구를 진정시키고, 1열로 줄을 서서, 개미 한 마리 지나가게 해줄 것 같지 않은 군인들을 보며 어떻게든 여기서 빠져나갈 방법을 찾아야 했다. 의료진처럼 보이는 사람이 우리에게 다가오더니 도움이 필요하냐고 물었다. 휴지 몇 장 줄 수 있냐는 말에 긴급처치를 해줬다. 그리고는 우리를 데리고 군인들 앞으로 가서 양손을 번

쩍 들어 그 어떤 분노도, 신념도, 의사도 없음을, 오직 피 흘리는 사람이 있다는 것을 온몸으로 표현했다. 군인들은 짧게 시선을 교환하고 우리에게 실처럼 가느다란 길을 조심스레 터주었다. 나를 치료해준 사람은 저기로 가면 된다고 알려주고는 다시 분노가 들끓는 광장으로 발걸음을 돌렸다. 군인들은 우리더러 빨리 사라지라는 손짓을 반복적으로 했고, 우리도 다급히 발걸음을 옮겼다.

우리와 상관없는 싸움에 휘말려 쏟은 피가 손 이곳저곳에 묻어 굳어갔다. 피 칠갑된 내 손을 보고 있자니, 싸움의 이유나 주체 또는 신념들은 막상 인간의 생명은 신경 쓰지 않는다는 생각이 들었다. 그저 휘말리면 누구든 피를 흘릴 수 있다는 사실을 온몸으로 느꼈다. 그들은 새벽을 지나서까지 길거리에 불을 지르고, 소리치면서 각자의 정의를 부르짖었다. 그곳에서 한 발짝 떨어진 우리는, 각자의 신념이 아닌 광장에 있는 모든 사람의 안위를 밤새 걱정했다.

산티아고 역사상 최대 시위, 그 현장에서.

○ 낮
09

슈 퍼 히 어 로 의   고 충

누군가 비웃을 수도 있다. 대다수는 분명 콧방귀 뀔 것이다. 이해한다. 나도 처음엔 믿지 않았다. 스스로 받아들이는 것도 시간이 오래 걸렸으니, 다른 사람은 오죽할까. 하지만 이것은 사실이다. 그것도 몇 번이나 검증을 거치고 수많은 증인을 확보했다. 나는 '날씨 요정'이다. 말하자면, 슈퍼히어로 같은 거지.

여행을 떠났던 모든 곳에서 나는 한결같은 대사를 들었다. "넌 참 날씨 좋은 때 온 거야." 처음 이 말을 들었을 때는

'와, 내가 운이 좋군!'이라고 생각했다. 그런데 시간이 흘러 내가 여행했던 모든 곳에서 비슷한 말을 듣고, 심지어 (애석하지만 현재로서는) 마지막 여행지인 남미에서까지 이 말을 듣자 이런 생각을 하기에 이르렀다.

　　'흥, 너희가 운이 좋은 거야. 날씨가 좋은 건 내가 이곳
　　에 와서야.'

　나는 여행 다니면서 한 번도 과격한 날씨를 만난 적이 없다. 뉴질랜드에서는 내가 도착하기 전까지 꽤 긴 시간 비가 내렸지만, 내가 도착한 날 비가 줄더니 다음날 본격적으로 여행을 시작하자 완전히 개었다. 아이슬란드에서도 카페에서 현지인과 대화를 나누다가 이런 이야기를 들었다. "눈이 없어서 조금 실망이야. 완전히 새하얗게 눈으로 덮여있을 줄 알았는데." "오. 넌 운이 좋은 거야. 지난 주까지만 해도 눈이 도로를 막고 차도 여럿 빠졌거든." 네팔에서는 공신력 높은 가이드가 이렇게 날씨가 계속 좋은 상태로 등산하는 경우는 많지 않다고 했고, 남미에서는 비가 내리던 중에 내가

마추픽추에 올라가자 해가 떠오르는 아주 당연한(?) 결과가
나타나기도 했다.

　의심이 스며들 틈 따위는 없다. 나는 '날씨 요정'이다. 단
하나의 치명적 약점(모든 히어로처럼)이 있다면, 그건 바로
날씨를 맑게만 할 수 있다는 것이다. 내가 원하는 대로 비를
부르거나 눈을 내리게 할 수는 없는 것 같다. 그저 맑게만 할
수 있다. 때로 눈이 쏟아져서 세상이 하얗게 되는 장관도 보
고 싶고, 비가 쏟아져서 여행 일정이 취소되어 여유롭게 보
내고 싶은데, 난 그럴 수가 없다. 너무 치명적이다. 날씨를 화
사하고 맑게만 할 수 있다니. 그래서 여행을 쉬지 않고 다닐
수 있고 크게 불편함도 없어서 딱히 에피소드도 생기지 않
고, 무엇보다 사진이 계속 예쁘게 나오니 계속 사진도 찍어
야 하는 피로함도 존재한다. 슈퍼히어로는 정말 피곤한 것
같다.

○ 낮
10

얻 어 먹 은 밥,
사 먹 은 밥,
해 먹 은 밥

　점심시간. 차 뒤로 가서 시트를 앞으로 접고 평평하게 만
든 후 뒤적거리며 도구들을 꺼낸다. 주전자를 올린 후에 미
니 버너에 불을 붙인다. 물이 끓을 때까지 숙소에서 미리 다
운로드해둔 팟캐스트를 틀어 놓고 멍하니 주전자를 보며 기
다린다. 여행을 떠나서 가장 마음이 편안해지는 순간이다.

　여행에서 가장 큰 즐거움 중 하나는 뭐니 뭐니 해도 음식
이다. 그 나라의 문화와 생활습관을 한 번에 알 수 있는 것
가운데 음식만 한 게 없다. 나도 여행을 가면 그 나라의 전통

음식 또는 우리로 치면 '백반' 같은 것을 꼭 먹는다. 체험처럼 한번 먹는 것에서 그치는 게 아니라, 그곳에 있는 동안 가능한 많이 먹어보려고 한다. 네팔에서는 산을 올라가는 7박 8일간 매일 달밧을 먹었다. 그렇게 해야 진짜 음식과 문화를 맛볼 수 있다고 생각해서다. 동시에 내가 가장 좋아하는 순간은 타국에서 스스로 밥을 해 먹는 시간이다. 가져간 컵라면도 좋고, 일회용 전투식량, 가끔 쌀을 조금 가져갈 때는 냄비 밥을 해 먹기도 한다. 버너에 가스를 장착하고, 주전자나 냄비에 물을 붓고, 어설프게나마 밥을 해 먹으면 그렇게 재밌을 수가 없다.

이곳에서 철저히 타인이 된 듯한 기분.

이 나라 사람들이 자주 먹지 않을 듯한 음식을 차 뒷좌석에서 혼자 쭈그리고 앉아 만들어 먹는 이 시공간이 얼마나 특이하고 특별한지. 그렇게 어설프게 만든 밥을 들고 자동차 문을 열고 나와서 펼쳐진 풍경을 보며 휴대용 숟가락으로 크게 밥을 떠서 입에 넣으면, 마치 이 밥을 먹기 위해 여행하는 기분이 든다. 그렇게 밥을 다 먹고 조리도구를 정리한 후 반쯤 식은 주전자 물을 다시 끓여서 커피를 마시면 스스로 큰 선물을 준 것 같은 생각이 든다. 이 순간이 그리워 여행이 떠오를 때도 많다. 실은, 밥값을 줄일 수 있어서 저렇게 많이 해먹는다. 여행지 밥값은 가난한 여행자에게 너무 비싸다.

○ 낮
11

같은 잠자리에서 다른 꿈을 꾼다.

同床異夢

숙소 로비에 앉아서 컴퓨터로 다음 목적지를 알아보고 있는데, 앞에 앉은 남자가 스마트폰을 들고 한숨을 푹푹 쉬면서 머리에 얹힌 비니를 긁적댄다. 오늘 숙소를 떠나는 날인지 한가득 짐이 옆에 놓여있다. 흘긋거리면서 쳐다보다가 조심스럽게 말을 걸었다. "무슨 일 있어?" 그는 살짝 놀란 눈으로 나를 쳐다봤지만 이내 자신의 행동과 이곳이 숙소 로비라는 걸 생각하면 낯선 이가 자신에게 말을 걸어오는 것이 그다지 이상하지 않다는 사실을 깨달은 듯 말했다. "하아, 여자는 참 모르겠어."

뭐? 전혀 예상치 못한 말이 나와서 나는 살짝 당황했다. 하지만 금방 정신을 차리고 내 눈이 너무 반짝이지 않길 바라며 이것저것 물어볼 질문들을 생각해냈다. 이 사람은 여행자인 나에게 모든 걸 털어놓을 생각이다. 우리는 다시 마주칠 일이 없을 테니까.

"왜? 무슨 일인데."

"내가 한 달쯤 전에 아이슬란드 놀러 왔을 때 틴더(외국 데이트 어플)로 어떤 여자를 만났거든. 그때 정말 재밌게 놀았어. 서로 느낌도 참 좋았고."

"좋았겠네. 그런데?"

"그러고 나서 나는 집으로 돌아갔는데 이번에 다시 연락을 하다가 걔가 날 보고 싶다는 거야. 그래서 나는 알았다고 하고 다시 걔를 보러 여기로 온 거지."

"와! 너는 집이 어딘데?"

"영국."

"아하. 그런데?"

"도착한 첫날 만났는데 지난번이랑 태도가 너무 다른 거야. 좀 차갑다고 해야 하나…. 나도 이상한 느낌이었지만 그냥 놀았지. 그런데 집에 일찍 가야 한다면서 가더라고. 그리고는 오늘까지 한 번도 못 만났어."

"와우."

"걔 때문에 와서 아무런 계획도 세우지 못하고 그냥 숙소에 있다가 나가서 밥 먹고…. 이러다가 지금 집에 가는 거야."

"흠. 사람 마음은 알 수가 없지."

"그러게나 말이야."

"넌 걔를 꽤 좋아했나 보다."

"그랬던 것 같은데 이젠 잘 모르겠네."

우리는 한동안 말없이 각자 할 일을 했다. 얼마 지나지 않아 그 친구는 내게 짧게 작별인사를 하고는 짐을 들고 셔틀버스를 타러 숙소를 나갔다. 나는 괜히 문 앞까지 배웅해주며 셔틀버스를 타는 것까지 확인하고 자리로 돌아와 컴퓨터로 다음 일정을 확인하기 시작했다. 대체 그 여성에게 무슨일이 일이 있었던 걸까.

길 위 에 서 만 난 인 연

히치하이크^{hitchhike}를 해본 사람이 주위에 얼마나 있을까? 히치하이커를 차에 태워 본 사람은? 나는 둘 다 해봤다. 히히. 둘의 입장은 천지 차이다. 히치하이커는 세상에서 가장 철저한 '을乙'이다. 자신이 할 수 있는 일이란 깔끔하게 매무새를 가다듬고 최대한 덜 위협적이면서 사람 좋아 보이는 표정을 지으며 목적지 방향의 도시가 적힌 팻말을 들고 서서 손을 열심히 흔드는 일이 전부다. 그 다음은 오로지 차를 가진 사람의 선택에 달렸다. 운이 좋아서 어떤 차가 멈추면서 타라고 하면 차 안에서 어떤 범죄의 냄새를 맡지 않는 한,

히치하이커는 웬만하면 탑승한다. 다음 차가 언제 자리를 내어줄지 알 수 없기 때문이다.

반대로 히치하이커를 태우려는 사람은 엄청나게 빠른 판단을 내려야 한다. 일단 차가 멈춘 상황이 아니라, 계속해서 달리고 있는 상황에서 갓길에 선 사람을 발견하는 것이므로 자칫 이것저것 생각을 했다간 그를 금세 지나쳐버리기 때문이다. 혹시 이방인을 자신의 차에 태울 마음이 있다면 재빠르게 그를 스캔해야 한다. 체구는 얼마나 되며(최악의 경우 내가 제압할 수 있는지), 짐은 얼마나 있는지(너무 많으면 귀찮아진다), 여행을 오래 한 행색이 나는지(그럴수록 안전하다), 목적지는 내가 가는 방향과 맞는지(태워 주고 확인했는데 그 방향이 아니면 내리라고 하기 조금 민망하다) 등을 달리던 차를 멈춰서 히치하이커를 부르기 전까지 판단해야 한다. 히치하이커가 차에 타는 순간, 이후 상황은 하늘에 맡기는 수밖에.

사실 히치하이크는 여러 영화에서 꽤 위험한 상황으로 연출해서 많은 사람이 경각심을 가지고 있기도 하고, 무엇보다 실제 상황에서 어떤 일이 벌어질지 모르니 여행에서 추천할만한 수단은 아니다. 치안이 좋고 국토가 넓은 나라(뉴질랜드나 아이슬란드) 같은 곳에서 가끔 활용할 수 있다. 나도 뉴질랜드와 아이슬란드에서 히치하이커를 차에 태운 경험이 있다. 더욱이 그런 것에 익숙하지 않은 내게는 전혀 모르는 사람과 밀폐된 공간에 있다는 사실만으로도 긴장되는 일이었다.

하지만 여행이란 무엇인가. 삶의 궤도를 벗어나는 멍청한 짓 한두 번쯤은 저질러봐야 한다는 이상한 합리화를 하게 해주지 않나.

나는 두 번 정도 히치하이커를 차에 태운 적이 있는데, 한번은 청각장애인이었다. 차에 타자마자 그 사람은 어눌한 말투로 "thank you."라고 하더니 곧바로 자신의 손으로 귀를 가리키고는 엑스 표시를 했다. 보디랭귀지 만세. 나는 곧바로 알아듣고는 손으로 오케이 사인을 보내고 얼른 타라고 손짓했다. 그를 차에 태우고 가던 중 가장 편했던 점은 그의 취향을 물어볼 필요 없이, 내가 듣고 싶은 음악과 한국 팟캐스트를 눈치 보지 않고 들을 수 있다는 것이었다. 중간중간 서로의 휴대전화에 글자를 찍어 보여주는 식으로 대화를 이어갔다. 놀랍게도 같은 숙소에 묵는다는 사실을 알게 되어 나는 거의 택시 수준으로 그를 목적지에 데려다줄 수 있었고, 그도 내게 매우 감사해했다. 두 번째는 프랑스 친구였다. 그는 모터바이크로 유럽을 횡단한 어마어마한 이야기를 들려주었다. 나는 눈을 반짝거리며 어떻게 하는 거냐, 비용은 얼마나 들었냐 등 시시콜콜한 것까지 죄다 물어봤고 그럴수록 이 친구는 더욱 신나서 떠들어댔다. 놀랍게도, 이 친구도 나와 같은 숙소를 예약한 사람이었다(거짓말이 아니다)! 그래서 또다시 끝까지 차를 타고 함께 목적지에 다다랐다. 심지어 숙소는 국경 건너 다른 나라에 있었는데! 나는 히치하이커들에게 '운전 요정' 같은 게 아니었을까.

Life On Earth

This is not the love you've had before

새벽 3시 주섬주섬 일어나 잠이 덜 깬 상태로 헤드라이트를 챙긴다. 숙소의 방을 나와 1층으로 내려오니 벌써 몇몇 사람은 나갈 준비를 마쳤다.

This is something else

This is something else

도르지와 함께 새벽 등산을 시작한다. 살을 에는 추위를 예상하고 옷을 단단히 껴입었건만, 생각보다 춥지 않다. 오히려 생각보다 더 많은 땀을 흘렸다.

This is not the same as other days

주변에 돌을 툭툭 차며 올라가는 도르지에게 왜 계속 그러냐고 물어봤더니, 가끔 호랑이나 야생 동물이 튀어나와 사람을 공격하기도 해서 일부러 소리를 내는 거라고 했다. 얼른 주변에 모든 것을 발로 차기 시작했다.

This is something else
This is something else

한 시간 반 정도 걸었더니 전망대에 도착했다. 놀랍게도 그 새벽에 커피와 차를 파는 구멍가게가 있었고, 거기서 나는 내가 마실 커피와 도르지의 차를 샀다. 이미 수도 없이 이 광경을 본 도르지는 근처에서 쉬고 있을 테니 실컷 보고 오라고 내게 말했다. 나는 탑으로 올라가서 어두컴컴한 하늘을 정면으로 응시했다.

It shouldn't need to be so fucking hard
This is life on earth It's just life on earth

그렇게 가만히 있으니, 산을 오를 때 느끼지 못한 추위가 느껴지기 시작했다. 아무런 방해물 없는 높은 탑 위에 있으니 바람도 무척 거셌다. 하지만 고작 추위로 이 광경을 놓칠 수는 없는 노릇이었다. 심지어 오늘은 날씨도 상당히 좋아서 더욱 멋진 광경을 볼 수 있을 거라고 도르지가 일러주지 않았던가. 이 순간을 기억하려고 준비해온 스노우 패트롤 Snow patrol의 〈Life On Earth〉를 반복해서 들으면서, 온몸을 오들오들 떨며 어둠을 응시하고 있었다.

It doesn't need to be the end of you, or me
This is life on earth
It's just life on earth

얼마 지나지 않아, 어디서나 매일 "옛다, 너의 지루하고 반복적인 하루." 하면서 평범하게 떠오르던 태양이 지금 이 순간만큼은 내게 마치 "처음 보네. 나도 너를, 너도 나를."이라고 말하며 자신이 뽐낼 수 있는 가장 화려한 모습으로 나타나기 시작했다.

그렇게 나는 너무도 익숙하지만 태어나 처음 보는 태양을 만났다.

무제

가끔 생각해

이렇게 혼자 떠돌면서 그동안 지나쳐왔던 사람들을

내가 떠난 사람들, 나를 떠난 사람들, 어쩌다 서로 멀어진
사람들

한 번도 발 디뎌본 적 없는 땅에서도 이렇게 쉽게 수많은
사람을 만날 수 있는데

어째서 우리는 매번 이별을 겪지 않고는 살아갈 수 없는
지에 대해

가득 차면 새로운 것이 들어오지 못하니 비워야 하는 것
이라면,
이미 가지고 있는 것을 잘 지켜내면 안 되는 건지, 아니면
나라는 공간을 넓히면 안 되는 건지

안 되겠지
우린 그렇게 만들어지지 않았어
모든 것을 품을 수 있게

그래서 항상 떠나보내곤 하지
소중한 것을 몰라서든, 소중하더라도 보내야 해서든

무엇인가 비우려고 종종 떠나오지만
막상 비워지면 섭섭하고 그래

카페가 있다는 것이 우스울 만큼 황량한 벌판,

카페에 우연히 손님은 나뿐이고, 주인도 잠시 자리를 비
워서

혼자 창문에 비치는 햇빛을 독식하며

마치 이 지구에 혼자 있는 기분을 느끼며

생각해

그럴 수도 있지, 뭐

낮 day

○ 낮
15

그냥, 저런 형

　투어를 신청한 한국인 여러 명이 쪼르르 차에서 내린다.
한낮에 도착한 소금사막은 그 어느 곳에서도 태양을 가릴
그림자를 기대할 수 없는, 그저 태양을 위해 창조된 공간 같
았다. 문자 그대로 어디를 둘러봐도 지평선인 그곳에서 태
양이 씨익, 하고 웃으며 '어서 와, 사막은 처음이지?'라고 말
하는 듯했다. 사람들은 서둘러 카메라를 꺼내 지프 위로 올
라가거나 다양한 포즈를 취하며 사진을 찍기 시작했다. 나
는 여행을 다니면서 사진을 많이 찍지 않는다(고 이미 여러
번 말했다). 거기다 스스로를 사진에 담는 일이 매우 드물다

(고도 이미 여러 번 말했다). 오히려 음악을 들으면서 주위를 걷거나, 가만히 풍경을 바라보고 있는 쪽을 선호한다(그렇지만 동행이 있으니 내 사진이 꽤 많아졌다).

주변에 사람들이 많아서 혼자 헤드폰을 쓰고 인적이 드문 곳으로 천천히 걷기 시작했다.

선곡은 술탄 오브 더 디스코의 〈캐러밴〉. 흥겨운 음악과 이제껏 본 적 없는 풍경 그리고 홀로 하는 산책에 나는 점점 흥이 오르기 시작했다. 사람이 흥이 오르면 어떻게 되는가. 급기야 나는 노래를 부르기 시작했다.

(이후는 여행에 동행한 친구 승민이의 증언)

투어 참가자들이 다 같이 모여서 이야기도 하고 앉아서 쉬고 있는데, 혼자서 '판초'를 입고 멀리 걸어가는 형을 보면서 나는 그냥 그러려니 했어. 주변 사람들은 그때부터 이상하게 쳐다보더라고. 그런데 갑자기 형이 노래를 엄청나게 크게 '!@$!#%!@!@#!' 이러면서 부르는 거야⋯. 사람들이 정말 깜짝 놀라더라. 심지어 우리 일행만 보는 게 아니었어. 투어 참가자와 상관없이 여행 온 다른 외국인들도 형을 다 쳐다보는 거야. 와. 아니, 나는 진짜 그러려니 했거든? 뭐, 형이 그러는 걸 본 게 한두 번도 아니고. 그런데 주변 사람들은 그게 진짜 신기했나 봐. 나한테 막 묻더라?

"저분…. 뭐 하는 사람이에요?"

딱히 뭐라고 대답해야겠는지 모르겠더라고. 그래서 그냥, 이렇게 말했어.

"… 그냥, 저런 거 좋아하는 형이에요."

그 무엇도 아닌
그 책

일행을 기다리려고 광장 벤치에 앉았다. 햇살이 너무도 강렬해서, 마치 뺨을 얻어맞는 것 같은 기분이었다. 하지만 얼얼한 뺨을 시원한 바람이 토닥이며 지나가는 곳이니 기분 좋게 앉아있을 수 있었다. 《노인과 바다》를 펼쳐서 읽기 시작했다. 남미에서 읽는 《노인과 바다》라니. 조금씩 헤밍웨이와 가까워져 가는 기분이다. 벌써 《노인과 바다》를 들고 여행을 떠난 지 세 번째다. 완독은 열 번이 넘는 것 같다. 나는 왜 이렇게 《노인과 바다》를 좋아할까?

언제가 한번, 곰곰이 생각해본 적이 있다. 나는 왜 《노인과 바다》를 반복해서 읽는 것인가? 원래 습관이라면 그러려니 하겠지만, 나는 지금까지 《노인과 바다》를 제외하고는 한 번 읽기를 끝낸 책을 반복해서 읽은 기억이 없다. 도대체 《노인과 바다》는 내게 다른 책과 어떻게 다를까? 무엇이 다를까?

그러다 어느 순간 나는 '노인과 바다'를 책이 아닌 멘토로 생각한다는 것을 깨달았다.

《노인과 바다》에서 노인 산티아고는 누구에게도 충고하지 않는다. 그저 자신의 삶을 거짓 없이 묵묵하게, 신념대로 살아갈 뿐이다. 그것이 노인의 고집이 아닌 삶을 버티게 해준 신념이라는 걸 증명해주는 것이 바다이자 낚시다. 다른 어부들은 매번 대충 드리우는 낚싯줄 길이를 산티아고는 이렇게 말하며 언제나 정확히 재서 드리운다. "운이 찾아올 때 그것을 받아들일 만반의 준비를 갖추고 있게 되거든." 거대한 물고기와 문자 그대로 목숨을 건 사투를 벌이는 와중에도 산티아고는 이렇게 말하며 싸움을 포기하지 않는다. "너도 날 죽일 권리는 있지." 자신의 모든 것을 걸며 싸우는 스스로와 상대방, 모두에게 존경심을 보인다. 자신이 목숨까지 바친 것을 잃어가는 중에도 노인은 "인간은 파멸당할지 언정 패배하도록 만들어지진 않았어."라며 최후의 싸움을 이어나간다.

노인에게서 일상에서도, 위기에서도, 모든 것을 잃은 후에도 흔들리지 않는 무언가를 읽어낼 수 있다. 내가《노인과 바다》에서 읽은 것은, 다른 책에서는 느껴본 적 없는 노인의 '태도'이자 '신념'이었다. 나는 살면서 그런 올곧은 태도를 가질 수 있을까? 그보다, 그런 태도를 가질 만한 '신념'이라는 게 내게 있을까? 그래서 나는《노인과 바다》를 다시 읽는다.

책을 읽을 때마다 알 수 있다. 노인의 이런 태도와 신념은 변한 적이 없다. 책이니까, 당연히 그럴지도 모른다. 그렇지만 나는 산티아고가 실존했어도, 그러한 태도에 변함이 없을 거라고 확신한다. 산티아고는 내게 멘토가 되었다.

내게 단 한마디 해준 적 없지만, 내가 던지는 세상 모든 질문에 대답해준 나의 멘토.

나 만 의 여 행 의 식

　나는 여행할 때 꼭 책을 한 권씩 들고 다닌다.

　여행하면서 생각보다 남는 시간이 많아서다. 이동할 때
또는 하루치 구경을 다 하고 숙소에 들어와도 오후 대여섯
시 정도라든가. 그럴 때 책은 비어있는 시간을 채우기에 매
우 효과적이다. 책 선정은 나름대로 매우 까다로운 심사과
정을 거쳐서 선택한다. 여행을 가려는 나라의 날씨, 분위기,
기후, 색채 등과 맞는지 꼼꼼하게 따진다. 그러면 책을 읽는
중에도 여행의 끈을 지속적으로 잡고 있는 듯하다. 다음은

내가 길게 여행을 떠난 여행 중 고른 책 목록이다.

뉴질랜드에서는 《노인과 바다》를 읽었다. 오랜만에 떠나는 여행이기도 했고 뉴질랜드는 바다낚시로도 굉장히 유명한 나라다. 무엇보다 섬나라다 보니 바다에 관한 이야기를 빼놓을 수 없었고, 긴 여행이 아니었기에 여행 중 한 권을 다 읽기에 좋은 분량이라 골랐다.

아이슬란드에서는 《얼어붙은 바다》를 읽었다. 나라 이름에서 유추할 수 있듯이 혹독한 겨울 그리고 육지와 떨어져서 고립된 듯한 느낌, 북극과 가까운 나라여서다. 이런 사항들을 고려하여 북극을 항해하던 선원들이 북극에 갇혀 서로 죽고 죽이는 내용의 책을 골랐다. 뭐. 왜. 얼마나 현실감 느껴지겠어. 소설에서 너무 춥다는 대목이 나오는데, 진짜 옆에 눈이 엄청나게 쌓여 있고 오들오들 떨면서 읽으면 그게 4D 소설 아니겠나.

네팔에서는 《오픈 시즌》을 읽었는데, 광활한 대자연의 멸종 위기종을 관리하는 수렵감시관을 다룬 '에코 스릴러'다. 히말라야를 등산하면서 접하게 될 대자연과 어울릴 것 같았고, 무엇보다 내가 직접 며칠간 히말라야를 오르게 될 테니, 이 책에서 멸종 위기종을 어떠한 타협도 없이 지켜내려는 주인공의 마음과 함께 등산하면 조금이라도 산에서 버티기 쉽지 않을까 하는 생각을 했다. 그러나 내 체력과 정신이 생각보다 강해서 책의 힘을 빌리지 않아도 되었기에, 등산 일정상 하루 일찍 마무리되는 이 여행에서 책은 수다스러운 친구가 되어주었다. 네팔에서는 재밌는 일이 있었다. 산행을 마친 후 지상의 숙소로 돌아와 보니 한국어책이 많이 보여서 내가 가져온 책과 바꿔도 되겠냐고 주인분에게 물었다. 흔쾌히 허락해주셔서 한강 작가의 《소년이 온다》와 맞바꿔온 기억이 있다. 얼마 남지 않은 여행 기간 그 책을 읽으면서 계속해서 심장이 조여오는 듯한 기분을 느꼈다.

가장 최근 다녀온 남미에서는 일말의 망설임도 없이 《노인과 바다》를 다시 꺼내 들었다. 이미 수차례 읽었지만, 이 책을 남미에서 다시 읽는다는 기분은 내게 또 다른 느낌을 줄 것이라 믿어 의심치 않았다. 남미에서는 총 6개국을 다녔는데, 짧지 않은 여행 기간 중 읽기에는 이 책이 조금 짧아서 모두 두 번 읽었다. 노인과 점점 가까워짐을 느끼며 책을 읽는 기분은 정말이지, 내게는 선물 같았다.

여행지를 고르는 과정만큼이나 매우 까다롭고 공정한 과정을 거쳐서 책을 선정한다. 그리고 여행이 끝나기 전까지 어떻게든 다 읽은 후, 그 책을 귀국하기 직전 여행지에서 만난 다른 사람에게 선물하고 그곳을 떠난다. 내 나름의 여행 의식이라 할 수 있다.

마치 그 책이 세계를 둥둥 떠다니는 것이 나의 항해라고 생각하며.

불행한 행복론

조심스럽게 문을 열고 들어갔다. 우리는 딱히 어떻게 행동해야 한다고 들은 바가 없어서 엉거주춤하게 서 있었다. 대략 스무 명 정도 되는 아이들이 3초 정도의 정적을 두고 쳐다보다가 환호성을 지르며 우리에게 안겼다. 말 그대로, 달려와서 안겼다. 처음 만난 타국의 이방인에게 아이들은 일말의 경계심도 없이 달려들었다. 그 순간 우리가 가지고 있던 머뭇거림은 형체 없이 사라지고 스무 명의 친구, 동생들이 생겼다.

인연이란 정말 알 수 없다. 결과론적인 이야기지만, 내 인생에서 히말라야를 올라가던 길에 일본인 둘을 만나 친구가 되었고, 하필 그 친구들의 친구가 네팔에서 공부하며 보육원 봉사활동을 다니던 터라 다 같이 네팔에서 닭고기를 두 손 가득 들고 보육원에 놀러 가게 될 줄 누가 알았을까. 그날은 밤 비행기를 타고 한국으로 돌아오는 날이었다. 마지막 날을 그 친구들과 보냈다는 사실은 지금 떠올려도 웃음이 절로 번지는 일이었다. 정신없이 놀고, 떠들고, 팔씨름하고, 축구도 하고, 이것저것 하면서 행복한 시간을 보내다가 문득 이렇게까지 아이들이 밝은 것이 이질적으로 느껴졌다.

내가 이들에게 가지는 마음은 조악한 동정심일까, 이런 환경에서도 밝게 웃으며 지내는 모습에서 느껴지는 안도감과 기쁨일까.

아이들 모두 계속해서 행복했으면 좋겠다고, 나보다 행복했으면 좋겠다고 진심으로 생각했다. 하지만 그들의 행복을 바라는 것 외에 그들의 행복을 위해 오늘 이후 내가 그 어떠한 행동도 취하지 않을 거라는 사실을 알기에, 진심으로 스스로 가증스럽다고 생각했다. 혼란스러웠다. 아이들은 헤어지는 순간, 마치 몇 년을 같이 보낸 사람을 보내는 것처럼 아쉬워했다. 하지만 이내 이별도 익숙한 듯 손을 흔들고는 자기들끼리 놀기 시작했다.

　가끔 그들을 떠올리면서, 내가 가진 것에 감사하다는 따위의 생각을 하지는 않는다. 그들이 가지지 못한 것에 분노한다. 행복은 스스로의 몫이다. 각자가 원하는 행복은 다르다. 하지만 불행한 환경은 대부분 비슷하다. 많은 사람이 행복하길 바랄 것이 아니라, 최소한 불행하지 않은 곳에서 행복을 찾아가길 바란다.

무 제

그냥 나 좀 내버려 둬.

때로 뇌가 터져라, 외치고 싶다.

세상을 등지고 싶어 하고 혼자가 되고 싶어 한다.

마치 그렇게 하면 모든 게 해결될 것처럼.

그저 지평선을 향해 터벅터벅 걸어가다가

발, 발목, 무릎, 배, 가슴, 머리 순으로 바스러지면서 사라

지는 게 가장 편할 것 같다고 생각한다.

하지만 조금만 더 깊이 내려가면,
덕지덕지 발라놓은 페인트를 벗겨보면,

혼자가 되는 것이 세상에서 제일 무섭다는 것을 알면서도
인정하기 싫어서 더욱 패악질 부리는 아이처럼
혼자이고 싶어 한다는 것을 나는 안다.

나는 네가 필요하다는 것을,
내가 다시는 돌아보지 않을 것처럼 앞으로 걸어갈 때
내 뒤에서 나를 봐주고 있기를 바란다는 것을 안다.

그렇게 조심스럽게 뒤를 돌아보면
너는 거기 있더라.

불 안 이 나 를 잠 식 할 때

스물여섯 시간이 넘게 걸려 도착한 페루의 수도 리마에서 처음 지도를 꺼내 검색한 곳은 체육관이었다. 같이 여행한 친구가 다른 사람이었다면 '이놈은 미친 게 분명해!'라고 생각했을지 모르지만, 나와 같이 네팔을 다녀왔던 친구는 조금도 놀라지 않았다. 그는 이미 안나푸르나 베이스캠프를 향해 오르던 7박 8일간 등산이 끝난 후 매일 숙소에서 맨몸 운동을 하는 나를 보고 충분히 경악했기 때문이다. 도리어 리마에서 내가 체육관을 찾는 걸 보면서 "나도 갈래!"라고 말했다.

이후 나는 새로운 도시에 갈 때마다 체육관을 검색해서 매일 여행 전후 운동을 다녔다. 처음에는 그러려니 했던 친구도 설마 이렇게까지 할 줄은 몰랐다고 말했다. 그래? 나는 알았는데.

내가 운동을 하는 이유는 스스로 '삶의 유지선'을 지키고 싶기 때문이다.

프리랜서처럼 일하는 나는 일이 없을 때는 말이 좋아 배우지, 백수와 크게 다를 바 없다. 배우, 백수 글자도 닮았네. 게다가 나는 천성이 게으른 인간이라 나를 그냥 뒀다가는 집에서 낮에 잠만 자는 고양이 두 마리보다 훨씬 게을러질 것이라 믿어 의심치 않는다. 그렇기에 아무 일이 없더라도 스스로 놀고 있다는 생각을 떨쳐내기 위해 절대 빼먹지 않는 일들이 몇 가지 있는데, 그중 하나가 운동이다. 불확실하고, 초조하고, 타인에 의해 멋대로 굴러가는 것 같은 일상에서, 내가 유일하게 통제할 수 있는 건 내 몸 단련이다. 내 의지로 매일 정해진 운동 목표를 달성하는 것이 그나마 내가 삶을 유지하고 있다는 생각을 갖게 해준다.

그렇다면 굳이 여행 가서 운동은 왜 하는 걸까? 이런, 그런 쉬운 질문을 하다니. 근손실은 만악의 근원이다. 잃을 수 없어, 나의 단백질.

여 행 이   시 작 되 는   순 간

한낮, 남미의 카페에 앉아 다음 여행지로 이동할 저가 항
공 비행기를 찾다가 문득 떠오른 생각이 있었다. "어떻게 하
면 해외여행을 갈 수 있어?"라고 묻는 사람들이 주변에 많
다. 그리고 대부분 이런 질문을 하는 사람은 한 번도 해외여
행을 떠나보지 않은 사람들이다. 사실 이런 질문을 처음 받
았던 어린 시절에는 정말이지 구구절절 내 생각을 얘기해주
고, 갖은 방법을 같이 고민했다. 이제는 어떻게 대답해야 하
는지 명확하게 알고 있다. 그리고 이 대답이 누구든 여행을
원하는 사람에게는 100% 맞는 대답이라고 확신한다.

"표를 끊어. 그러면 무조건 갈 수 있어."

어느 정도 눈치가 있는 사람은 이런 대답을 들으면 "맞아 그렇지." 하며 공감하는 반면, 설명이 더 필요한 사람은 "그 럼, 뭐 걸어가리?"와 같은 대꾸를 한다. 그렇지만 사실이다. 여행을 가고 싶은데 망설이고 있다면 표를 끊어라. 그때부 터, 비행기 표를 결제한 바로 그 순간부터, 여행은 시작된다.

여행 갈 나라도 선택해야 하고, 계획도 짜야 하고, 숙소나 이동수단도 예약해야 하고, 무엇보다 지금 내가 지금 하는 일들을 여행 기간에 잠시 쉴 수 있을지, 휴가를 낼 수 있을지 도 확인해야 한다는 것, 알고 있다. 하지만 장담하건대 당신 은 이 모든 일을 다 해봤을 것이다. 최소한 한 번씩 검색해보 고, 자신의 휴가를 확인해봤을 것이다. 당신이 하지 않은 일 은 오직 하나. 비행기 표를 사지 않은 것이다.

물론 어떤 사람은 큰맘 먹고 비행기 표를 결제했는데 휴 가가 변경되었다거나(실화), 해외로 나가는데 여행사에서 여권과 비행기 표에 쓰인 이름을 다르게 기재하는 바람에 나가지 못했다든가(역시 실화), 여행 갈 곳에 느닷없이 테러가 터져서 비행기가 취소되었다든가(진짜 실화) 등 예기치 못한 '사건'이 있을 수 있다. 이런 일로 여행을 못 간 사람들은 걱정할 필요 없다. 그들은 조만간 비행기 표를 다시 결제할 테니까. 하지만 비행기 표를 한 번도 사보지 않은 사람들은 다르다. 물론 두려움이 클 것이다. 각자의 사연에 따라 미리 비행기 표를 예약한다는 것이 매우 큰 손해를 감수해야 하는 일이 될 수도 있다. 그렇기에 여행을 떠나지 못하는 것이다. 둘 중 하나를 선택해야 한다. 여행을 가지 않든가, 여행을 위해 모든 것을 감수하고서라도 비행기 표를 결제하든가.

여행을 시작하는 지점은 바로 그곳이다. 카페, 집, 어디든 앉아서 노트북을 켠 후 비행기 표를 결제하는 바로 그 순간. 우리 여행의 시작은 바로 그 순간 시작된다.

○ 낮
22

떠나는 이유

예전에 한 축제 단체에서 일했던 적이 있었다. 당시 나는 사무 일과 극단 공연 연습을 병행했는데, 아침에 출근해서 저녁에 일이 끝나면 연습을 가고, 새벽에 연습이 끝나면 운동을 하고 자는 일상을 반복했다. 실은, 꽤 오랜 시간 이런 식으로 살아왔다. 공연을 계속하고 싶으면 어떻게든 다른 일을 해야 했다. 그러다 보니 나는 오랜 시간 '여행'에 대해 잊고 살았다. 스무 살, 장학금을 받자마자 배낭 하나 메고 유럽여행을 가겠다고 했을 정도로 여행을 좋아했다. 그러나 이탈리아 극단 생활을 끝내고 한국으로 돌아온 후로는 여건

상 여행을 가지도 못했고, 갈 엄두도 내지 못했다. 축제 단체에서 내 사수는 친절하고 좋은 사람이었다. 일을 시작할 때부터 나를 많이 챙겨줬고, 일하는 동안 내게 정말 큰 힘이 돼줬다. 서로 많은 대화를 나눴는데, 그도 뉴질랜드에서 일 년간 워킹홀리데이를 하고 왔다는 경험 덕분에 서로 해외 생활에 대해 이야기하며 돈독해졌다. 어느 날 낮 근무를 하면서 쉬는 시간 겸 사무실 근처를 산책하며 대화를 나누던 중 무심결에 나는 그에게 이렇게 물었다.

"대리님은 뉴질랜드 다시 가보고 싶지 않으세요?"
그러자 그는 허탈한 웃음을 지으면서 이렇게 말했다.
"한 번은 꼭 다시 갈 줄 알았어. 그런데 그냥 눈 깜빡하니까 10년이 지났고, 그동안 한 번도 못 갔어."

그때는 그 말을 듣고 흘렸다. 그런데 며칠이 지나도 그 대화 내용이 잊히지 않았다. 자신이 일 년간이나 살았고, 너무 좋은 곳이라고 입이 마르도록 칭찬했던 나라, 스스로 꼭 다시 가보고 싶다고 한 곳을 10년간 한 번도 다시 가보지 못했다니. 특별한 이유가 있어서가 아니었다. 그냥 사느라, 일하다 보니 어느새 시간이 흘렀다는 말이 나를 점점 짙게 물들였다. 여행이라는 건, 잊힐 수 있구나. 나중에 돈 모아서, 나중에 시간 내서, 나중에 기회 돼서 가려고 아껴둔다면 여행은 내 삶에서 영원히 잊힐 수 있겠구나.

대화를 나눈 얼마 후 나는 그에게 뉴질랜드행 비행기 표를 샀노라고 말했다. 그 말을 들었을 때 그의 얼굴이 지금도 기억난다. 약간 놀란 듯하다 이내 흐뭇해하던 그 표정을 말이다. 이후 나는 여행을 쉬어본 적이 없다. 뉴질랜드를 떠나기 직전 어떤 기념품을 선물하면 가장 좋겠냐고 물어봤더니, 자신이 살던 당시 마시던 맥주가 가끔 너무 생각났다며 맥주를 사다 달라고 했다. 나는 여러 가게를 뒤져 겨우 그 맥주를 구해주었다.

그가 그때의 뉴질랜드를 떠올리기 바라며.

○ 낮
23

커 피 를
가 장 맛 있 게 마 시 는 방 법

    자동차를 운전하다가 갓길에 세운다. 비어있는 보조석 너
머 창문으로 보이는 풍경을 몇 초간 넋 놓고 바라본다. 겨
우 해야 할 일을 떠올리며 자동차 엔진을 쉬게 한다. 느릿느
릿 차 문을 열고 뒷좌석으로 가서 도구를 꺼내 커피를 끓이
기 시작한다. 물이 끓는 동안 창밖을 보며 멍하니 있다. 수증
기가 창문을 가리며 그만 괴롭히고 커피나 마시라고 투덜
대면, 작은 컵을 꺼내 따라서 밖으로 나와 차에 기대 커피를
마시며 풍경을 바라본다. 유명한 장소도 아니고, 딱히 엄청
난 볼거리가 있는 것도 아니다. 그저 차를 타고 가다 마음에

들어서 차를 멈추고, 직접 커피를 끓여 마시며, 풍경을 구경할 수 있다면 그곳이 나만의 관광지이자 휴게소다. 그런 곳에서 커피를 마시면 이런 생각이 든다. '인생도 이렇게 갈 수 있다면.'

자신의 길을 묵묵히 가다가 구경할 곳이 있으면 잠시 멈춰서 커피 한 잔 마실 수 있고, 원하는 사람들과 원하는 만큼 그곳에서 시간을 보내고 서두를 것 없이 천천히 컵을 닦고 펼쳐 놓았던 도구들을 정리한 다음, 내가 빠트린 풍경은 없는지 다시 찬찬히 살펴본 후 엔진에 시동을 걸 수 있다면.

우리는 다양한 이름으로부터 쫓겨 내달린다. 때로 무엇으로부터 도망치는지 혹은 무엇을 쫓아가는지는 잊어버린 채 어느새 달리는 것이, 멈추지 않아야 하는 것이 목적이 되어버리는 경우가 허다하다. 잠시 멈추어 휴식을 취할 때, 휴식에 대한 행복감을 표현하는 사람은 많지 않았다. 휴식 후 다시 달릴 수 있을지, 휴식은 어떻게 해야 하는지에 대한 불안

감들로 그 시간을 보낸다. 느리게 걷자는 것이, 하루를 즐기자는 것이 희망 사항이 되어 덕담처럼 서로를 향한 응원이 되었다. 많아지는 생각과 달리 커피는 점점 바닥을 보였고, 따뜻한 커피가 사라지면서 컵은 차갑게 식어갔다. 빈 컵을 손가락을 톡톡 치며 생각했다.

우리는 멋진 풍경 앞에서 따뜻한 커피 한 잔을 천천히 식혀가며 마실 수 있는 정도의 시간을 가질 자격은 있다고. 나도 당신도.

솔푸드, 일까나?

　해외에 오래 머물면서 한식을 자주 먹지 못한다면, 가장 그리워지는 음식은 무엇일까? 먼저, 매콤함에 대한 갈망이 클 것이다. 우리나라만큼 음식 대부분에 매콤함이 가미되는 나라는 찾아보기 힘드니까. 평소에 많이 먹던 음식이어야 할 것이다. 먹고 싶은 음식을 떠올리는데 '매콤한 신선로'와 같은 음식을 생각하기는 어려울 것이다. 다시 말해, 가격이 싸고 조리과정이 복잡하지 않아서 누구나 자주 해먹을 수 있는 매콤한 음식이 가장 그리울 확률이 높을 것이다. 그것은 바로, '라면'.

나는 어느 나라를 여행하든 간에, 최대한 머무는 내내 그 나라의 음식을 먹으려 한다. 여행자에게 음식은 단순히 기호가 아니라 그 나라의 문화, 습관, 심지어 기후까지, 매우 다양한 정보를 담고 있는 정보 소스라 할 수 있다. 게다가 나는 운 좋게도 모든 음식을 가리지 않고 잘 먹는 데다 향신료를 매우 좋아해서 외국 음식이 주식이 되어도 큰 문제가 되는 경우는 거의 없다. 그래서 길을 가다가 눈에 보이는 현지 식당에 들어가거나, 마트에 가서 대충 장을 봐서 그 나라 사람들이 많이 먹는 소스를 곁들여 요리해먹는 등 일부러 여행 기간 중 그 나라 음식을 즐기려고 한다. 하지만 그런 내게도 정말이지 못 견디게 먹고 싶어지는 한국 음식이 바로 '라면'이다.

사실 한국 라면은 이제 어디서나 쉽게 구할 수 있다. 내가 살던 볼로냐라는 도시에는 아시아인이 눈에 띌 만큼 적었고 아시아 마켓도 중국인이 운영하는 가게 하나뿐이었지만 그곳에도 한국 라면을 팔 정도였으니(심지어 거의 10년 전 일), 이제는 어디서나 조금만 찾아보면 한국 특유의 매콤한 인스

턴트 라면을 쉽게 구할 수 있다. 하지만 앞서 말한 허세에 가까운 고집으로 나는 라면을 가능한 먹지 않으려고 했다. 그렇게 참고 참다가 끝내 한 번 먹게 되는 외국에서의 라면 맛은, 마치 MSG가 여행 내내 쌓이는 피로를 '힘들었지? 이리와 내가 안아줄게.'라면서 녹여주는 듯한 황홀함을 맛보게 한다. 그 경험의 정점은 네팔이었다.

7박 8일간의 산행을 하면서 삼시 세끼는 필수 사항이다. 식사는 산을 오르는 내내 로지라고 불리는 숙소 메뉴에서 선택한다. 산을 오를수록 가격은 올라가면서, 메뉴는 거기서 거기다. 놀랍게도, 메뉴에는 항상 '신라면'이 존재했다. 같이 올라가던 친구는 입이 짧고 한식 외 음식을 먹는 걸 매우 힘들어해서 자주 라면을 먹었다. 나는 그때마다 선언했다. "정상에 도착하는 그날, 베이스캠프에 도착하는 그날, 나는 라면을 시켜 먹을 것이다. 그때를 축하하며! 그때를 기념하여! 그 추운 정상에서 나는 라면을 먹을 것이야!" 내가 이런 말을 할 때마다 얄밉게도 친구는 "에이, 한 입만 먹어. 여기서 먹어도 맛있다. 다 똑같아!" 같은 헛소리를 해댔다. 그때마다 술술 피어오르는 라면 냄새와 꼬들꼬들한 면발을 보면서 눈을 돌리고 달밧을 손으로 비벼 먹는 일이 쉽지 않았지만, 끝끝내 나는 그 유혹을 뿌리쳤다.

마침내 안나푸르나 베이스캠프에 도착한 날 저녁, 나는 당당하게 '신라면 두 개!'를 외쳤고, 잠시 후 넓은 그릇에 담긴 라면 두 개는 마치 면발들이 상형문자를 만들어내어 '고생했어, 마침내 우리를 먹게 되었구나. 널 실망하게 하지 않으려고 평소보다 더욱 MSG와 힘을 합쳐서 열심히 끓어보았어. 드루와~'라고 말하는 듯했다.

그 추운 밤, 히말라야 로지에서 저녁으로 먹은 라면을 내가 어떻게 잊을 수 있으랴. 아, 라면 끓이러 가야겠다.

집 착 할 수 밖 에 없 잖 아 1

'설마, 아니겠지.' 생각하는 것은 대부분 맞다. 특히나 불
안한 마음 때문에 스스로 위로하려고 이런 말을 했다
면, 이미 알고 있다는 뜻이다. 끝났다는 것을.

컨베이어 벨트가 멈추는 순간 희망도 같이 멈췄다. 나는 여
전히 '아니야. 괜찮을 거야.' 같은, 이미 자신도 믿지 못하는
말을 속으로 중얼거리며 공항 직원에게 다가가서 말했다.

"저기, 제 짐이 안 나온 것 같은데요…."

직원은 별 대수롭지 않다는 듯, 내게 종이 한 장을 주고는 양식을 채워서 돌려달라고 했다. 나는 넋이 나간 채 종이 위에 글자를 끄적였다. 종종 공항에서 짐을 분실했다면서 직원들과 대화를 나누는 사람들을 보기도 했고, '그래. 언제든 내 짐도 저렇게 사라질 수 있겠지.'라고 생각한 적이 있었지만, 막상 현실로 닥치니 이성을 유지하기 힘들었다.

어떻게 썼는지 기억하지 못할 정도로 부리나케 빈칸을 채운 종이를 직원에게 돌려주니, 이미 숱하게 말해서 외운 듯한 말투로 대부분은 다음 비행기에 실려 오니 곧 연락드리겠다는 둥, 짐을 찾지 못하는 경우는 드물다는 둥, 하나 마나 한 무심한 위로를 건네주었다. 나는 '감이 좋은 편이다'라고 말하는 사람을 대부분 믿지 않는다. 운 좋게 자신의 감이 좋았던 일만 기억할 경우가 많기 때문이다. 그런데, 난 정말 감이 좋은 편이다. 이때 나는 이미 알고 있었던 것 같다. 짐을 못 찾을 것이란 걸. 아니나 다를까 다음날 공항에서는 내 짐이 오지 않았다며 찾을 수 없다는 연락이 왔다. 이후 1주일, 2주일이 지나도록 나는 짐을 받아볼 수 없었다.

나는 할 수 있는 온갖 방법을 다 동원했다. 공항에 요청하면 CCTV를 볼 수 있다는 것을 아는 사람이 얼마나 될까? 공항 경찰에게 연락해본 사람은? 외국 항공사 본사 SNS에 수십 개의 메시지를 보내 결국 답장을 받은 사람, 그렇지만 결국 두 달쯤 지나서야 겨우, 짐을 찾을 수 없으며 항공사 책임은 아니므로 아무것도 해줄 수 없다는 공식 답변을 받아본 사람은? 이 모든 사람이 한 사람인데, 그게 나라는 사실이 인생은 가까이서 보면 비극, 멀리서 보면 희극이라는 찰리 채플린의 말을 증명하는 듯했다.

사실 나는 어떤 것에 크게 집착을 하거나 미련을 가지지 않는 편이다. 잃어버리면 사라질 것이었나 보다 생각한다. 특별히, 엄청나게, 무엇인가 애착이 가는 물건을 가지고 있지도 않다. 하지만 이 짐만큼은 정말 꼭 찾고 싶었던 이유가 있었다. 그리고 처음으로, 내가 마음만 먹으면 어떤 물건을 위해서 이렇게까지 집착을 보이고 그것을 되찾기 위해 이토록 노력할 수 있다는 사실을 알게 되었다.

그 이유는 바로, (To be continued…)

집 착 할 수 밖 에 없 잖 아 2

여행 기념품은 때로 그 사람을 드러낸다. 친구 하나는 여행하는 나라의 도시나 나라 이름이 적힌 티셔츠를 모으고 (실제로 옷을 엄청 좋아한다), 네팔 여행을 함께한 친구는 어머니를 위해 산양 뿔을 사기도 했으며(자기 것보다 남의 것 사느라 더 고민하는 편), 흔히 마그네틱이라는 냉장고나 벽에 붙일 수 있는 기념품을 모으는 사람도 많다. 대부분 한두 번 샀다가 잃어버리거나 관리하지 못하는 사람도 있지만, 반면 차곡차곡 모아서 마그네틱으로 세계지도를 그릴 수 있게 모으는 사람도 드물지만, 있다. 대부분 한번 여행을 간 나라를 다시 가는 일은 드물어서 여행자들은 자신이 방문한 나라의 기념품을 매우 신중하게 고르는 편이다. 혹은 이미 자신이 수집 중인 기념품이 있거나.

나는 기념품에 큰 관심이 없었다. 한국에 있어도 어릴 때부터 이것저것 정말 다양하게 많은 물건을 사봤지만, 결국은 다 쓰지도 못하고 버리거나 잃어버리는 일을 반복하다 보니 내가 실제 사용하는 물건들이 아니면 낭비라는 생각이 어느새 자리 잡혀서다. 뉴질랜드 여행에서도 책갈피 하나 사 온 게 전부였다.

하지만 아이슬란드를 떠나기 전, 여행 기념품에 대한 엄청난 아이디어를 들을 수 있었다.

자신이 좋아하는 책을 여행을 가는 나라의 언어로 된 판본으로 사서 모은다는 것. 내게는 마치 '당장 나가서 전 세계 언어로 적힌 《노인과 바다》를 구해오지 않으면 널 노인이나 바다 둘 중에 하나로 만들어버리겠다!' 같은 신의 계시처럼 들렸다. 다음 여행지인 아이슬란드에서부터 곧바로 실행에 옮겼다.《노인과 바다》는 세계적인 고전이라 구하기 쉬울 줄 알았는데, 아이슬란드어로 적힌 《노인과 바다》를 찾는 일은 생각보다 쉽지 않았다. 대략 열 군데 가까운 서점에 들러야 했고, 가는 도시마다 지도를 뒤져서 서점을 찾아야 해서 정말이지 무척 힘들었다. 그러나 나는 기어이 구하고야 말았고, 심지어 서점 직원이 너무 예쁜 책이라며 이 판본은 구하기 힘들 것이라는 말까지 한 '중고' 책을 손에 넣을 수 있었다. 그리고 그 책은 한국으로 들어올 때 감히 내 백 팩에 넣을 생각도 하지 못할 정도로 소중했기에, 가방에 따로 매우 안전하게 포장해서 넣어두었다. 내 아름다운 아이슬란드판 《노인과 바다》는 그렇게 다른 짐들과 함께 사라졌다.

나는 다른 어떤 물건보다 이 책을 찾기 위해 정말 별별 수단을 다 써봤다. 그중 하나는, 내가 생각해도 정말 대단하다는 생각이 들 정도였다. 아이폰은 사진을 찍었을 때의 장소가 같이 기록으로 남는다. 그 책을 사자마자 책의 아름다움에 감탄하며 곧장 서점 테이블에 올려두고 사진을 찍었다는 사실을 기억해낸 나는 아이폰을 뒤져 그 사진을 찾아낸 후 위치를 확인했다. 그리고 주소를 구글에 검색하여 서점을 찾아냈고, 전화번호를 수소문해서 마침내 서점에 직접 전화를 하기에 이르렀다. 영어가 약간 서툰 듯한 서점 직원에게 이메일 주소를 알려달라고 한 후, 이메일에 매우 상세하게 사연을 쓰고 《노인과 바다》 아이슬란드 판본 책이 그곳에 있느냐, 그렇다면 내가 비용을 다 지불할 테니 제발 보내 달라는 내용의 메일을 보냈다. 답은 '책 재고가 없다'였다. 그렇게 나는 마지막 수단이 날아간 후 가까스로 포기했지만, 여전히 그 책을 찍어둔 사진을 보며 울컥하는 감정을 느끼며 고통에 휩싸이곤 한다.

이후로는 무조건 백 팩에 넣어서 온다. 책은 무조건 나랑 같이 비행기에 태울 것!

○ 낮
27

이 방 인   사 진 사

그: ….

그녀: 미안해

그: ….

그녀: 아무리 생각해도 내가…,

그: 됐어. 다 끝난 얘기를 뭐하러 자꾸 해.

그녀: 이 이야기가 도대체 어떻게 끝나? 넌 정말 괜찮아?

그: 난 괜찮아.

그녀: 왜? 왜 괜찮은데, 도대체!

그: 안 괜찮으면?

그녀: 뭐?

그: 안 괜찮으면 그냥 이대로 끝 아냐?

그녀: ….

그: 네 죄책감은 네가 알아서 해결해. 나도 내가 해결해야
　　할 건 알아서 하고 있으니까.

그녀: …미안해 정말.

그: ….

둘은 터벅터벅 말없이 걷는다. 갑자기 그녀가 살짝 미끄
러진다. 그는 익숙하게 넘어지는 그녀를 잡아준다.

그녀: 고마워.

그: 그게 낫네.

　　·

　　·

　　·

　　·

(찰칵)

　　　　　　　　　　　　　　　　　낮 day

○ 낮
28

인 류 공 통 의 감 정

"사람 사는 곳 다 똑같다."

내가 가장 싫어하면서도 때때로 고개를 끄덕일 수밖에 없는 문장이다. 가장 싫어하는 이유는 단순하다. 여행은 단순히 다른 형태의 건물, 유명한 랜드마크만을 보기 위해 떠나는 것이 아니다. 다른 문화권의 생활 방식, 사람들의 태도, 그나라 특유의 날씨에 따른 음식들, 옷, 성격 등을 잠깐이나마 느껴보고 관찰할 수 있는 것도 여행의 큰 부분이다. 만약 전세계 사람들이 우리나라 사람들처럼 군다고 생각해보라. 이를테면, 노르웨이 사람들이 '빨리빨리!'를 외치고 이탈리아 사람들이 전부 매운 음식을 잘 먹으며, 스페인 사람들이 가우디 성당을 6개월 만에 완성하는 등 말이다. 정말 사람 사는 곳이 다 똑같다면, 굳이 뭐 하러 비싼 돈을 내고 여행을 다니겠는가.

그럼에도, 결국 인간이라는 종이 가진 공통점 또는 한계점을 공유하는 사건을 마주하게 되면 가끔 고개가 끄덕여진다. 예를 들면 내가 산티아고 광장에서 본 극과 극의 모습 같은 것들이다. 인간만이 가지는 '정치'라는 문화는 사회를 비약적으로 발전시키기도, 사회를 끝없이 퇴보시키기도 한다. 그리고 어느 방향이든 생각이 다른 집단끼리의 충돌은 피할 수 없다. 그 충돌을 인류가 열심히 발전시킨 '언어'로 해소하는 곳이 있다.

반면, 생물의 초기 단계부터 지금까지 가장 오랜 역사를 지닌 '무력'으로 끝장내버리는 곳도 있다. 그날의 산티아고에서는 언어보다 무력을 쓰기로 양쪽 모두 생각했던가 보다. 한국에서, 미디어에서, 현장에서 겪었던 많은 갈등을 봐

온 나로서는 익숙한 풍경이었다. 그저 고개를 끄덕이며 사람 사는 곳 정말 똑같구나, 생각했을 뿐.

또 다른 모습은 나를 미소 짓게 했지만 동시에 슬픈 일이었다. 무력이 오가며 충돌하는 그 광장에서 아주 약간 벗어나 걷다 보니 나무에 종이 하나가 붙어있었다. 절대 떨어뜨리고 싶어 하지 않았을 것 같은 마음을 대변하듯, 테이프로 나무를 빙 둘러서 감아둔 종이는 무슨 내용인지 조금도 읽을 수 없었지만, 보자마자 알 수 있었다. 잃어버린 고양이를 찾는 전단지였다. 순간적으로 나도 모르게 환하게 웃었다.

폭력이 난무하는 저곳과 이곳의 물리적 거리는 얼마 차이가 나지 않지만, 저곳에서 벌어지는 폭력과 이 나무에 붙은 종이에서 보이는 감정의 거리는 얼마나 멀고 먼지.

하지만 금세 이 고양이를 잃어버린 주인의 모습이 그려져 슬펐다. 분명 그 사람은 자신의 고양이를 최선을 다해 찾고 있겠지. 그리고 고양이도 집으로 돌아가고 싶어서 밤새 울고 있겠지.

지금은 그르렁거리며 주인의 품에 안겨 낮잠에 빠져 평화롭게 지내고 있기를. 우리 집 애들처럼 건방 떨지 말고. 뭐. 왜.

별 의 구 성 요 소

  인류 역사를 대표하는 유적지에 방문하는 수많은 사람을
보고 있자면, 우리는 1분 1초도 쉬지 않고 미래를 향해 내달
리는 동시에 100년 전, 1천 년 전의 역사에 대한 향수와 경외
심을 가지는 듯하다. 이제는 우리 생활과 그 어떠한 연관성
도 찾아볼 수 없을 것 같은 그곳에서, 나는 무엇을 볼 수 있
을까? 아니 무엇을 보아낼 수 있을까? 단순히 유명한 관광
지여서 찾아가야 하는 걸까? 그저 이곳에 왔다는 '인증샷'
하나 건지기 위해서 그 많은 유적지를 둘러봐야 하는 걸까?
  많은 집의 책장에 꽂혀있지만 읽지 않은 책 목록 중에 상

위에 꼽히는 책 가운데 하나가 아마도《코스모스》일 것이다 (하지만 나는 읽었지).《코스모스》에서 내가 가장 좋아하고 평생 잊히지 않을 문구는 다음과 같다.

> "우리의 DNA를 이루는 질소, 치아를 구성하는 칼슘, 혈액의 주요 성분인 철, 애플파이에 들어 있는 탄소 등의 원자 알갱이 하나하나가 모조리 별의 내부에서 합성됐다. 그러므로 우리는 별의 자녀들이다."

다시 봐도 전율이 느껴지는 충격적인 문장이 아닐 수 없다. 우리를 구성하고 있는 요소와 저기, 멀리서 빛나는 별들의 구성 요소가 같다니! 이 문장을 멋지게 해석해준 과학자가 있었는데, 그분의 말씀은 이러했다. "천동설을 버리고 지동설이 인류에 자리 잡혔을 때 인류에게는 커다란 인식의 변화와 새로운 개념들이 생겨났습니다. 마찬가지로 우리의 몸을 구성하는 요소가 별과 똑같다는 인식이 넓게 퍼지면, 이것 또한 새로운 변화를 만들어낼 수도 있습니다."

마추픽추가 한눈에 들어오는 언덕 위에 서서 수백, 수천

년이 넘게 이 자리를 지키고 있는 유적지를 바라보고 있자니 《코스모스》가 떠올랐다. 오래전 이곳에 살던 잉카족과 나는 같은 조상의 뿌리를 둔 하나의 인류였다. 그들은 나와 어디서부터 분리되어 이렇게 다른 역사를 남겼을까. 그들은 자신의 땅과 전혀 관련 없는 사람들만 드나드는 이곳을 남긴 채 어떠한 풍랑에 휩쓸려 사라져버렸을까. 그들과 나 사이의 공간을 그려본다. 그 속에서 무엇을 찾을 수 있을지 모르지만, 그런 상상이 겹겹이 쌓일수록 내게는 남들은 모르는 재산이 쌓이는 기분이다.

내가 별과 똑같은 구성 요소를 가지고 있다는 것을 자각할 수 있을까. 나와 잉카 문명 사이의 관계를 그려낼 수 있는가. 나라는 존재를 어디서부터 어디까지 상상할 수 있나.

인간만이 할 수 있는 취미활동일 것이다.

○ 낮
30

GOING MY WAY

　이제는 아무도 사용하지 않는 길이 되었다.

　추억들만이 때때로 이 철길을 오가며 조용히 속닥거릴
뿐, 굉음을 내며 달리던 기차도, 그 기차 안에서 벌어지던 시
끌벅적한 세상 이야기도, 이제 철길 위에 존재하지 않는다.
한때는 길이라고 믿었던 이곳이 그저 땅 위에 널브러져 있
는 돌 같은, 아니 돌보다 못한 장식품이 되었다. 때로 길은
그렇게 버려진다. 많은 사람이 찾고 이용하는 길은 생명으
로 넘쳐나 영생을 누릴 것 같으면서도, 어느 순간 사람들의

발길이 끊기고 이야기가 잦아들면 죽음을 맞는다.

나도 길과 같지 않을까 생각해본다. 누군가 나를 찾고, 나를 통해 일을 하고, 나와 이런저런 세상 이야기를 하며 웃고 떠들 수 있는 길. 내 길을 찾는 사람들이 행복하기를 그리고 평화롭기를 바란다. 그런 길이 되기 위해서는 녹을 제거해야 하고, 시설을 관리해야 하며, 낡은 것은 버리고 새 장비를 들여올 줄도 알아야 한다. 남을 위해 내 길에 공을 들여야 하다니. "타인은 지옥이다."라고 한 사르트르의 말이 이해간다. 그럼에도, 그 역시 지옥에서 허우적거리며 타인과 부대껴야 했다. 우리는 서로가 필요하고, 서로를 위해 살아간다.

지평선을 향해 끝없이 벼린 길을 보며, 나의 길을 생각한다.

아무도 관심이 없을 것 같지만, 스스로 해명하고 싶다.

첫째, 이 책의 제목은 말장난이나 도발성 제목이 아니다 (심지어 출판사 대표에게 제목에 대한 아이디어를 얘기하자 그는 한동안 말이 없었다). 나는 이 책을 '여행책'으로 분류해서는 안 된다고 생각한다. 각자 여행책에 대한 정의가 다를 수 있지만 이 책은 불행히, 아니 다행히 내가 쓴 책이니 나는 당당히 여행책이 아니라고 말하고 싶다. 여행에 필요한 또는 도움이 될 만한 정보로 가득하지도 않고, '여행자'나 '모험가' 같은 직업군도 아니며, 여행을 엄청나게 많이 다닌 사람이 쓴 글도 아니어서다. 이 책을 여행책이라고 한다면, 진정한 여행자들이 쓴 여행책에 실례가 되는 행동일 것이다. 하지만 동시에 이 책은 '여행에 관한' 책이므로, 여행책이다. 떠나지 않았다면 보지 못했을, 생각하지 못했을, 쓰지 못했을 내용이 수두룩하다. 그렇기에 '여행책은 아닙니다만', 여행책이다.

둘째, 나는 절대 이 책을 쓰지 않았을 것이다. COVID-19가 사람들을 가두지 않았다면 말이다. 63,118,430명. 이 글을 쓰는 순간 전 세계 확진자 수다. 다시 봐도 믿기 힘든 숫자다. 전 세계 인구 중 당연히 누군가는 오래 전부터 이런 일을 예측했을 것이다. 하지만 대다수 우리 같은 평범한 사람들은 문명화 정점의 시대를 달리고 있는 인간이라는 종에게 전염병이 창궐하여 인류가 각자 국경 안에 갇힌다는 상상을 하지 못했다. 최근 지인이 내게 이런 말을 했다. "평소 네가 여행은 갈 수 있을 때 떠나야 한다고 말할 때마다 나중에 가면 되지, 언제든 가면 되지, 생각했는데 정말 가지 못하는 상황이 벌어지니 네 말이 맞았다는 생각이 든다." 자유로운 여행 시대의 종말, 향후 몇 년간은 여행 불가, 지금보다 여행의 절차가 몇 배는 까다로워질 것이라는 전망 등 COVID-19 이후 여행에 대한 많은 추측과 예측이 쏟아지고 있다. 많은 것이 바뀔 게다. 이제 우리는 코로나 이전으로 돌아갈 수 없다고들 하지 않던가. 필시 좋은 방향보다는, 까다롭고 불편한 방향으로 바뀔 것도 분명하다. 하지만 절대 바뀌지 않을 것 중 하나는, 우리의 여행은 언젠가는 분명 다시 시작될 거라는 점이다. 그것이 우리의 본질이기 때문이다.

　그렇기에 이 책은 나를 위한 책이기도 하다. 차갑게 식어버린 잿더미 안에서 미약하게나마 빛을 내며 최선을 다해 타고 있는 여행에 대한 마음을 향한 부채질이자, 여행에 관한 그동안의 기억을 조각내어 장작으로 던져 주고 다시 큰 모닥불로 불길을 살리고 싶은 욕심이 평소라면 꿈도 꾸지 않았을 글을 끄적이게 만들었다. 지구의 많은 생명체와는 다르게 인류는 자신들이 맞닥뜨린 환경을 받아들이기보다는 극복하며 생존해왔다. 그런 의미에서 인류는 기본적으로 반골기질을 타고났다. 평소 여행 생각이 없던 사람도 분명,

COVID-19 시대를 겪으며 한 번쯤은 이런 생각을 하지 않았을까.

'이 시간이 지나면 꼭 한번 여행을 가자.'

이 책이, 글이 그러한 마음에 기름을 부을 수 있기를, 상상만 하던 여행에 약간의 색채가 더해지기를. 언제가 당신이, 내가 떠난 여행지에서 이 책의 한 구절쯤 떠올리기를, 감히 바라며.